Manfred Walter

#longcontentwarning

Naives vom Proleten

Impressum

Bibliografische Information der Deutschen Nationalbibliothek:
Die Deutsche Nationalbibliothek verzeichnet diese Publikation in
der Deutschen Nationalbibliografie; detaillierte bibliografische
Daten sind im Internet über http://dnb.dnb.de abrufbar.

© 2020 Manfred Walter

Herstellung und Verlag: BoD – Books on Demand, Norderstedt

ISBN: 978-3-7519-3450-3

Seit Jahren schon quäle ich meine Follower*innen auf Facebook mit meinen #longcontentwarnings. Und obwohl diese schon ein bissl mehr als die üblichen drei Sekunden Aufmerksamkeit verlangen, erfreuten sie sich einer großen Beliebtheit. Was wiederum mich sehr freut, weil ich schreib ja schon eigentlich eh für mich selbst, quasi Frustbewältigung. Aber es ist so wie beim Musikmachen. Im Grunde verwirklicht man sich selbst, bringt sich selbst in Töne und Texte ein, wenns dann noch jemand anderem gefällt, dann ist das das Schlagobersgupferl.

Vor Kurzem hat mich ein Freund dann mal so von der Seite angeredet, dass es schon irgendwie sexy wäre, wenn es meine #longcontents auch in Buchform gäben tät. Weil ich ja auch kein uneitler Einer bin, dachte ich mir, das wäre schon eine feine Sache, meinen Namen auf einem Buchcover zu lesen. Nur hat sich halt kein Verlag dafür jetzn wirklich brennend interessiert.

Egal, dachte ich mir, es gibt auch andere Möglichkeiten, die mich auch dann nicht in den Ruin treiben, als machst es als Book on Demand. Was mir zusätzlich noch die Möglichkeit eröffnet hat, dass mir keiner bei der Gestaltung dreinredet und, was mir ganz persönlich auch wichtig war, eine allzu penible Überprüfung von

Orthografie und Stil fällt auch weg, weil ja alles im Alleingang geschieht. Das mag den orthographischen und stilistischen Feinspitzen ein wenig sauer aufstoßen. Ich bin aber der Meinung, dass die Authenzität der Postings erhalten bleiben sollte. So ganz salopp gesagt.

Ich freu mich jedenfalls, dass SIE/DU jetzt dieses Machwerk in Händen hältst und wünsche viel Vergnügen mit meinen proletig naiven Gedanken!

Weil nämlich, ich hab am Samstag folgendes gepostet:

"Irritiert das nur mich wenn im TV bei der Frauen EM von MANNschaft gesprochen wird?"

Und dann ist es heiß hergegangen im Thread. Sehr heiß. Über Sinn und Unsinn des Genderns. Dabei, das muss ich jetzt und hier gestehen. Mir ging es da, zumindest im Moment des Postens, nicht um die feministische Perspektive. Mir ging es rein darum, dass mein Sprachgefühl, welches ich doch für ein schon ganz brauchbares halte, schlicht und einfach beleidigt war und sich schmollend in eine Ecke setzte.

Ich habe die Diskussion natürlich mitverfolgt, hab mich aber mehr auf das Spiel im TV konzentriert und nicht mitkommentiert. Die wichtigste Nebensache der Welt, das runde Leder, hatte Priorität 1 in dem Moment.

Gestern habe ich mir den Thread nochmals aufmerksam durchgelesen und mir kam dann wieder dieses Buch in den Kopf. Gert Brantenbergs "Die Töchter Egalias". Das ganze Buch ist in weiblicher Form geschrieben, beschreibt eine moderne Welt des Matriachats und das in einer sehr unterhaltsamen, satirischen Form. Aber eines ist bei mir auf alle Fälle hängen geblieben anno dunnemal als ich das Buch las, nein nicht las, verschlang.

Sprache kann vieles bewirken. Sprache kann Bilder auslösen. Sprache ist mächtig und auch ein Ausdruck der Macht. Das beschreibt auch Victor Klemperer sehr gut in "Lingua tertii imperii", allerdings in einem anderen Kontext. Schon der Dichter schrieb: "Die Feder ist mächtiger als das Schwert"(Edward George Bulwer-Lytton). Und recht hat er gehabt, der Dichter! Bevor Menschen zur Tat schritten, da musste in vielen Fällen erst mal was verschriftlicht werden, zumindest in der jüngeren Geschichte, als Lesen zu einer ganz alltäglichen Kulturtechnik wurde.

Und ebenso wie Sprache und Schrift negatives, hässliches zu Tage bringen kann, so kann Sprache auch positives bewirken. Und da bin ich gedanklich bei der geschlechtsneutralen Formulierung von Texten. Weil, wenn wir das jetzt versuchen halbwegs objektiv zu betrachten, dann muss man (sic!!!) zugeben, unser Alltagsdeutsch ist sehr männlich dominiert. Das bewirkt natürlich, dass man(n) auch in männlichen Dimensionen denkt.

Ein einfaches Beispiel: Wenn ich nun die Frage in den Raum werfe: "Nenne fünf Sportler", dann kann ich davon ausgehen, dass mindestens 90% der Antworten männliche Sportler sind. Minimum! Stelle ich die Aufgabe anders, nämlich "nenne fünf SportlerInnen", dann wird die Sache schon anders aussehen.

Ergo - wenn ich bereits im Sprachgebrauch versuche möglichst geschlechtsneutral zu formulieren, zu reden, zu denken, dann fällt es auch leichter

Gleichberechtigung nicht als "hardcorefeministischen Fetisch" zu sehen, sondern als etwas, das eigentlich im Sinne einer gerechteren Welt etwas ganz selbstverständliches und erreichenswertes zu sehen. Das sollte man immer immer bedenken, wenn man beim Thema Gendern gleich mit der "haben wir denn keine anderen Probleme" Keule kommt. Am Anfang war das Wort.....

(Foto: privat)

Der Effi[1], die Burka und ich, oder aber auch - die Frage ob man fanatisch säkular sein kann.

Ich hab mich ja dieser Tage mal ein wenig über die von der ganz rechten Seite aus Leonding lustig gemacht (https://www.facebook.com/manfredwalter68/posts/1 856515087708743). So von wegen den eh schon beschäftigten Gemeinderat mit der Sache beschäftigen. Aber, das könnt ihr alles im verlinkten Posting nachlesen. Ich dachte mir allerdings nicht, dass diese Nicht-Story derart weite Kreise zieht. Weil, um was geht es denn? Um nix, im Grunde. Nur darum, ob ein gewisses Kleidungsstück der Bäderordnung der Stadt Leonding entspricht oder nicht. Also, eigentlich eine technische Frage, die damit beantwortet wäre, dass ein Burkini aus demselben Stoff ist wie ein Badehoserl für den Herrn oder der Bikini für die Dame. Fall erledigt, glaubt man.

Dass nun die Herren von der ganz rechten Seite an Fakten dann nicht so wirklich interessiert sind, das hat sich schon herumgesprochen glaub ich. Dass sie keine noch so nichtige Gelegenheit auslassen um aus dem Ei einer Mücke eine Elefantenherde zu machen, das wären wir auch schon gewohnt. Konsequentes Ignorieren hilft da oft. In dem Fall konnte ich aber nicht,

---

[1] Effi – Efgani Dönmez, ehemaliger Bundesrat und Nationalratsabgeordneter

weil es wieder einmal aus der Kiste "Realität überholt Satire" kam. Seis wie´s sei.....

...doch dann kam der Effi. Efgani Dönmez, ehemals grün, jetzt türkis. Wobei, hmmm, Farbenlehre, wenn ich das jetzt fertig denke, dann ist ja türkis der Übergang von Grün zu Blau, oder? Aber was weiß ich, ich bin ein Mann, bei mir gibt es Schwarz, Weiß und Bunt. Egal, auf jeden Fall, der Effi und ich hatten schon einmal einen größeren Disput, als er Trägerinnen der Burka vom Bezug von Sozialleistungen ausschliessen wollte(https://kurier.at/chronik/oberoesterreich/parteifreun d-fordert-bundesrat-zu-ruecktritt-auf/73.908.166) . Nun hat der Effi, aus diesem Aushang beim Leondinger Bad ein Politikum konstruiert. Aus einer technischen Frage (siehe oben) eine politische gemacht. Und auch gleich eine Verantwortliche gewusst - die SPÖ Leonding. Hellseher, nehm ich an. Ich verrat euch ein Geheimnis - angeblich wars der Bademeister, nicht der Gärtner, der Bademeister. Aber das ist auch nicht erwiesen und auch jetzt nicht wirklich wichtig.

Der Effi also hat sofort die SPÖ Leonding im Verdacht, hier wieder einen Akt der "falsch verstandenen Toleranz" zu setzen. JÖSSAS....wenn also eine Frau muslimischen Glaubens ihr verfassungsmäßiges Recht der Religionsfreiheit für sich in Anspruch nimmt und in einem ihrem Glauben entsprechendes Kleidungsstück zum Baden nimmt, dann ist das schon der Untergang des Abendlandes. Dann ist sie sofort fanatische Islamistin in Effis Augen. Weil sie sich nicht anpasst. Hat er mit der oder den Frauen gesprochen? Ich trau mich mal behaupten nein. Effis Warnungen vor dem Islamismus waren teilweise berechtigt, auch seine Warnungen vor der autoritären Politik Erdogans. Da hat man vielleicht manchmal zu wenig auf ihn gehört. Aber mittlerweile befindet er sich auf einen fanatisch, (angeblich) säkularem Kreuzzug gegen den Einfluss des Islam auf die Tagespolitik, auf die Gesellschaft. Über Katholen oder Evangelen hat er übrigens noch nie was gesagt, so nebenbei erwähnt.

Was mich zu der eingangs gestellten Frage bringt: kann man fanatisch säkular sein. Die Trennung von Religion und Staat und auch die verfassungsmäßige Religionsfreiheit und Rechtstaatlichkeit sind wichtige Fundamente einer liberalen Demokratie. Religionsfreiheit heißt aber mehr. Das heißt auch, dass ich glauben darf an was ich will. Das heißt auch, dass ich auch nichts glauben muss. Das heißt auch, dass der Staat seine Politik nicht nach religiösen Grundsätzen ausrichten darf, das heißt aber auch, dass mir der Staat nicht sagen darf was ich glauben muss oder nicht. Es gibt viele Möglichkeiten den Glauben auszuleben, sei es durch Gebete, sei es durch Gebote was ich essen darf und was nicht, sei es, dass mir mein Glaube sagt, was ich anziehen soll. Im Falle des Falles MUSS aber der Rechtstaat davon ausgehen, dass Menschen ihrem Glauben aus freien Stücken folgen und auch seinen Geboten, davon MUSS der Staat ausgehen, bis im individuellen Fall das Gegenteil bewiesen ist. Wenn ich diese Dinge nun verknüpfe, dann ist ein Verbot von aus religiösen Gründen getragenen Kleidungsstücken verfassungswidrig.

Wenn nun ein Mensch, der von der Verpflichtung des Staates säkular zu handeln, verfassungskonform zu handeln, überzeugt ist, nun plötzlich (nun gut SOOOO plötzlich war es nicht beim Effi, das war über die Jahre zu erwarten) einen Eingriff des Staates auf individuelle Grundrechte der StaatsbürgerInnen verlangt, also auch von den StaatsbürgerInnen verlangt säkular zu leben und zu handeln und ihren Glauben etwa nur in den vier Wänden zu leben, dann ist das in meinen Augen mehr als autoritäres Handeln. Dann ist das ein Schritt in Richtung Abschaffung der Grundrechte und etablieren einer säkularen Diktatur. Wobei - und jetzt beißt sich die Katz in den Schwanz - wie ist das dann mit Kreuzen im öffentlichen Raum? Warum schließt sich ein Mensch, der von der Säkularität des Staates so besessen ist, einer "christlich-sozialen" Partei an?

Nur damit das jetzt nicht missverstanden wird - ich habe weder mit der katholischen Kirche was am Hut, noch mit dem Islam, noch mit einer anderen Religionsgemeinschaft. Aber ich respektiere den Glauben anderer Menschen und respektiere auch die Gewohnheiten und Gebote der Kirchen, solange sie nicht in meine Grundrechte eingreifen. Wenn nun eine Frau im Burkini im Bad sitzt, dann ist mir das herzlich egal und vermutlich dem Großteil der Menschen auch. Nur ein paar Fanatiker, die müssen daraus ein Politikum machen, sei es weil sie sich gerne in der Zeitung sehen oder weil sie einfach nur Menschen gegen Menschen ausspielen wollen. Verwerflich ist beides....

#ichdankefürihreaufmerksamkeit

(Foto: www.pixabay.com)

9. August 2017

In diesem longcontent ging es um folgenden Fall: https://www.derstandard.at/story/2000114404022/to ter-rekrut-nach-fussmarsch-in-horn-ermittlungen-eingestellt

Heute sprudeln die #longcontentwarnings nur so raus....

Ich hab mich jetzt so ein wenig durch die verschiedenen Artikel und die dazugehörigen Kommentare zum Tod des jungen Rekruten in Horn durchgeschmökert und ich bin entsetzt, wie da manche auf den Tod eines zwangsverpflichteten jungen Mannes reagieren. Ich mein, wir sind ja nicht im Krieg. Was soll das dann, dass ein Soldat "jederzeit mit dem Tod rechnen muss" oder "im Krieg gibt es auch keine Hitzeferien". Da denk ich mir schon ein wenig WTF?

Wobei, wenn ich da so an meine Bundesheerzeit zurückdenke, da kommen mir auch so ein paar Bonmotscherl unter, wo ich mir denk, dass gerade beim Ausbildungspersonal ein wenig, sorry, sehr viel Nachschulung not täte.

Gleich zum Einstieg, ihr könnt es euch denken, ja ich war auch beim Heer eine Gretzn. Eigentlich schon vorm Einrücken. Bei mir gabs ja immer noch diese leidige Zivildienstkommission. Abgehalten wiederum von Bundesheerlern. Die haben mir meinen Pazifismus nicht ganz geglaubt. Dann hab ich halt mein Vaterland verteidigt. Ich weiß zwar noch immer nicht gegen wen, aber der Wein in der Wachau war gut. Und billig.

Nujo, so hab ich dann am 02.07.1988 meinen Grundwehrdienst angetreten. Eigentlich hätte ich schon einen Tag früher kommen müssen, da war ich aber noch mit Abschied feiern beschäftigt. Also trudle ich da so am zweiten dann gegen 11:30 in der Kaserne in der Wachau ein und melde mich mit den Worten "I bin jetzt do" beim Spieß (die gute Mutter der Kompanie), der hat mich nur verdattert angschaut, der Kompaniekommandant ist wie der Blitz aus seinem Büro geschossen gekommen und hat zu brüllen begonnen. Ich hab, verkatert wie ich war, das meiste eh ignoriert, bis zu dem Satz "in da Firma kennans des a ned mochn". Ich hab ihn angegrinst und gsagt:"De haun me ausse, mochts ihr des a?". Dann hab ich geglaubt der explodiert gleich. Knallroter Kopf, überschlagende Stimme....echt, ich hab geglaubt, den hauts gleich um. Aber, zumindest hab ich einen Freund, nicht fürs Leben, aber für acht Monate gewonnen.

Wie komplexbeladen manche der unteren Chargen und Unteroffiziere waren, das hab ich relativ schnell bemerkt. Und damit komm ich endlich zum Thema. Weil nämlich, einer der Wachtmeister der Kompanie war ein Bekannter von mir aus Linz. Ich seh ihn und red ihn natürlich an. "Hallo H., was machst du denn hier?" Fängt der zum Schreien an (hochroter Kopf, überschlagende Stimme - dürfte zum Starterpaket gehören in der Kaserne). "Sind sie wahnsinnig

Wehrmann Walter, das heißt HERR Wachtmeister S."
Nujo, ich hab ihm dann nur gesagt, dass er draussen
wieder der H. wäre und ich ihm ein paar auflegen
würde, wenn er sich ned gleich am Riemen reißt. Aber
der Herr Wachtmeister S. war dann mir gegenüber sehr
kleinlaut die ganzen acht Monate. Wobei, ich war auch
ein Arsch, wenn er bei Nachtmärschen in meiner Nähe
war, dann hab ich immer geflüstert:" H. - aufpassen,
finster isses, da stolpert man schnell". Er aber hat sich
gegenüber anderen Rekruten, die nicht ganz solche
Gretzn wie ich waren, aufgeführt als wäre er Herr über
Leben und Tod. Manche haben sich einschüchtern
lassen.

Oberwachtmeister K. war auch so ein Spezialfall. Der
hat auch geglaubt, die Rekruten sind hier zu seinem
höchstpersönlichen Vergnügen. "Wappler",
"Oaschloch" oder ein stilvoll gezeigter Mittelfinger
wenn man Anfragen an ihn stellte, waren noch das
höflichste. Aber sonst war er ein bemitleidenswerter
Kleingeist, ein Mensch dessen Horizont bei der
Nasenspitze endete.

Meine Kameraden (oh, wie ich dieses Wort mit
Widerwillen schrieb) haben mich dann zum
Soldatensprecher gewählt und ich hab mich desöfteren
über den Wachtmeister S. und den Oberwachtmeister
K. beim Kompaniehäuptling beschwert. Ohne Erfolg.
"Mia san jo auf kan Kindageburtstag" war noch das
harmloseste was ich damals hörte. Wegen solcher
Menschen, die eine im Grunde sehr
verantwortungsvolle Position innehaben, passieren

Tragödien wie in Horn. Zum Einen weil den Zwangsverpflichteten sofort jeglicher Schneid abgekauft wird, zumindest wird es versucht. Und zum Anderen weil die inneren Kontrollmechanismen versagen. Eine Krähe hackt der anderen kein Auge aus, wie man sagt.

Aber, um die Geschichte abzurunden, es gab zu meinem Einrückungstermin im Kader auch sehr verantwortungsvolle und angenehme Menschen. Da fällt mir sofort der Vizeleutnant P. ein, der mit uns viel Sportliches unternommen hatte, nicht immer ganz hundertprozentig nach Dienstvorschrift. Oder auch Vizeleutnant S., mein Zugskommandant, der mich trotz meiner Eskapaden irgendwie mochte. Und auch mein Truppkommandant in der Funkausbildung, Oberwachtmeister R. der uns alle wirklich vorbildlich behandelte.

Beim Bundesheer ist es halt wie überall im Leben. Es gibt angenehme Menschen und Unangenehme. Nur sollte das Heer aufhören aus einer falsch verstandenen Solidarität die Unangenehmen zu schützen. Und die Rekruten zu mehr Courage zu ermuntern, wenn mal was aus dem Ruder läuft. Die Menschen die heute, ohne Zivildienstkommission, zum Heer gehen, wissen schon, dass das kein Spaziergang wird, das sind ja eh keine Blödis und auch keine kleinen Kinder mehr, die Ausbildner wären also gut beraten, vorgetragene Sorgen und Beschwerden ernst zu nehmen und nicht zu viel "Full Metal Jacket" schauen!

(Bild mit freundlicher Genehmigung von Karl Berger https://zeichenware.at/)

UND WIEDER EINMAL - #longcontentwarning

Kann sich noch jemand an Patrick Ortlieb erinnern? Nicht als Skifahrer. An sein zweites Leben als "Quereinsteiger". Wie ich jetzt auf ihn komme? Ist ja relativ simpel, wegen der Masse an QuereinsteigerInnen die sich da in der politischen Landschaft der Republik auf die Wanderschaft zum Hohen Haus gemacht haben und die bei so manchen Verwunderung und bei anderen wiederum Ärger auslösen.

Patrick Ortlieb war ein ganz besonders peinliches Beispiel, wie man seitens einer Partei einen prominenten Namen benutzen wollte um Stimmen zu lukrieren, abseits jeglicher politischen Aussagekraft des quer Eingestiegenen. Es fehlte ihm so ziemlich alles, was einen Politiker ausmachen sollte. Er hatte weder eine Ahnung wovon er sprach, noch hatte er eine Ahnung wie man sprechen sollte. Wobei ich ihm dabei jetzt keinen großen Vorwurf machen möchte, er hat es schlicht und einfach nie gelernt. Ich bin immer noch der Meinung, dass er nicht nur seinen Namen sondern auch sich selbst als Person, als Marke, als Mensch hat benutzen lassen. Heute dient er mir als das denkbar schlechteste Beispiel eines Quereinsteigers.

Auf der anderen Seite haben wir wiederum Menschen die ihr Lebtag nichts anderes gemacht haben, als sich auf dem aalglatten politischen Parkett zu bewegen. So wie ein Herr Lopatka, oder der Maturant mit Kanzlerambitionen. Sind die nun besser geeignet? Sie könnten, wenn sie wollten, Inhalte vermitteln. Das hätten sie gelernt. Sie begreifen auch die Mechanik des Staates, sind rethorisch geschult. Eigentlich sollten die die Fachleute sein, die einen Staat lenken können. Nur sind diese Menschen wiederum nur allzu oft in den Uhrwerken ihrer Parteien gefangen, austauschbare Zahnräder und sie wissen dies nur zu gut, dass sie in nullkommanix ersetzbar sind. Aus diesem Grunde agieren sie auch dementsprechend. Zuerst immer die Interessen der eigenen Partei im Auge, nicht die des Staates, und damit auch das Eigeninteresse den eigenen Sessel nicht ansägen zu lassen während man schon frisch fröhlich an dem vor einem mit dem Fuchsschwanz zugange ist. Und vor allem sind sie immer Experten für "eh-fast-alles".

Beides sind Archetypen von "PolitikerInnen" die mich schaudern lassen. Blutige Amateure und aalglatte Vollprofis. Die einen haben keinen Dunst von der Sache, die anderen sind dermaßen zu Tode gecoacht, dass ihnen jegliche Authentizität fehlt, wenn sich die geneigten LeserInnen noch an den Auftritt von Spindelegger im ORF erinnert. Der wirkte eher wie das Duracellhaserl als ein Mensch aus Fleisch und Blut mit Hirn, Herz und Bauch.

Was mir fehlt sind PolitikerInnen, die es menscheln lassen. Ich will keine komplett unerfahrenen Leute, die sich in irgendeiner Form haben überreden lassen und nun ihrer eigenen Eitelkeit frönen und ich will keine

PolitikerInnen die scheinbar über den Dingen stehen und zwar zu allem etwas zu reden haben aber gleichzeitig nichts sagen.

Ich will auch keine PolitikerInnen die sich an ihrem Sesserl festklammern, egal in welchem Klubzimmer der steht. Ich hab die letzten Tage mal gelesen, dass in dieser Legislaturperiode im Nationalrat 25(!!!) Abgeordnete den Klub gewechselt haben. Das ist ungefähr ein Achtel der MandatarInnen. Ganz genau 13,4%! Ein gewisser verhaltens- und tweetorigineller Doktor sogar zweimal. Solche Aktionen schädigen das Ansehen der MandatarInnen in der Öffentlichkeit, steigern nur die PolitikerInnenverdrossenheit.

Warum ist es so schlimm wenn einE politische FunktionärIn mal sagt, oh da kenn ich mich nicht aus, das ist nicht mein Fachgebiet? Warum darf ein politisch aktiver Mensch nicht einmal sagen, jössas, da hab ich mich geirrt, da hat der andere die besseren Argumente gehabt. Weil es, zumindest in der Momentaufnahme als Schwäche angesehen wird? Sorry, ich würde das eher als Stärke sehen, wie wir alle es ja auch vermutlich im alltäglichen Leben eher als Stärke sehen, wenn jemand seinen Kurs korrigiert. Aber ich will auch PolitikerInnen, die mit den Funktionen des Staates vertraut sind, die zumindest eine Grundahnung davon haben, wie das Staatsgefüge aufgebaut ist und wie die Institutionen ineinander verzahnt sind. Ich will auch, dass PolitikerInnen zumindest von den ihnen eigenen Fachbereichen Ahnung haben. Ich lass mir ja auch nicht von einem Installateur den Blinddarm rausnehmen und auch nicht von einem Chirurgen die Wasserleitungen legen.

Ich will authentische Menschen in der Politik, die mit Hirn, Herz und Bauch agieren und keine übercoachten Sprechpuppen. Ich weiß, das ist viel verlangt....aber, ich kenne da sogar die eine oder den anderen, die diese, meine, Anforderungen und Wünsche erfüllen würden. Dazu, später mehr.....

#ichdankefürdieaufmerksamkeit

#longcontentwarning

Diese ewige Crux mit dem Vorhaben sich nur auf Positives zu konzentrieren. Es geht halt nicht immer, leider. So gerne würde ich nur darüber schreiben, was man nicht alles FÜR die Menschen erreichen kann, FÜR die Umwelt, FÜR alles und jedeN halt. Aber, eben wie gesagt, das funktioniert nicht immer, manchmal muss man auch ein wenig daran erinnern, was war und was wieder sein könnte, wenn gewisse, per Eigendefinition, elitäre Kreise zu viel Macht bekommen.

Die meisten von uns können sich noch gut an das Chaos erinnern, das die FPÖ Regierungsbeteiligung verursacht hat, manche Gerichte beschäftigt die Zeit von 2000 bis 2006 noch bis heute. Da waren MinisterInnen, die nach ein paar Tagen schon wieder aus dem Amt ausschieden, da war ein Landeshauptmann, der weg und wieder da war, aber sich immer lautstark aus dem Süden der Republik zu Wort gemeldet hat. Da war eine Parteispaltung, die auf Zurufe aus dem Süden zurückzuführen war. Und die Liste kann man endlos weiterführen...

Das Arge an der ganzen Gschicht ist aber, das waren noch die harmloseren aus diesem Verein. Das waren die "Buberl", das waren die Glücksritter, das waren die, die sich mal auf die Schnelle bereichern wollten. Absolut enthemmte und skrupellose Egoisten. So wie einer, der vermutlich heute als Fixstarter auf der Liste präsentiert wird und laut Aussage seines künftigen Chefs die Parteien öfter wechselt als seine Unterwäsch, aber dieser Menschenschlag ist mittlerweile in der Minderheit in dieser Gemeinschaft mit zweifelhafter Gesinnung.

Das was jetzt in der FPÖ so das Sagen hat, das sind Menschen, die diese Bereicherung nur als netten Nebeneffekt sehen. Das sind beinharte Ideologen des ganz weit rechts außen liegenden Randes. Mit einem kaum messbarem Anteil an der Gesamtbevölkerung (0,04%) stellen die schlagenden Burschenschafter das Gros der führenden Funktionäre in der Partei. Also nicht weit her mit der "Partei des kleinen Mannes", hier sind elitär erzogene und denkende Menschen am Werke, die auf den bis zum Erbrechen zitierten "kleinen Mann" nur mit Verachtung hinabsehen. Man braucht sich nur so manche Wortmeldung der Männer anhören oder nachlesen, wenn es um diese Menschen ging, die sie angeblich ja so stark vertreten wollen. Wobei, kleiner Exkurs - schon die Benamelung "kleiner Mann" drückt ja schon die Verachtung für die "Nicht-Elite" aus!

Bei allen inhaltlichen Differenzen, die es abseits der rechten Ideologie innerhalb des politischen Spektrums gibt, in einem sollten wir uns alle einig sein - eine von schlagenden, weit rechts stehenden, Burschenschaftern geführte Partei sollte nicht in Regierungsverantwortung kommen. Das sollte uns allen bewusst sein. Bei welcher Fraktion ihr auch angesiedelt seid, vergesst nicht im Wahlkampf, wenn ihr mit den Menschen auf der Straße sprecht, auch das zum Thema zu machen. Bei aller, manchmal zu Recht, geübten Kritik am Parteiensystem, an der Mühsal der Demokratie, an langwierigen Abläufen, an Kompromissen mit denen niemand immer hundertprozentig glücklich sein kann (nonanned), denkt immer daran - Demokratie bedeutet nun mal Diskussion, Demokratie bedeutet nun mal Kompromisse zwischen den Interessen zu finden. Was uns alle eint ist der Glaube an unteilbare Grundrechte, an Humanismus, an Menschenrechte.

Hans-Henning Scharsach, exzellenter Kenner der Burschenschafterszene durchleuchtet und analysiert diese in seinem neuen Buch, das Ende August erscheint. Und ebenso wie beim Vorgänger "Strache im braunen Sumpf", kann man wieder davon ausgehen, dass es bestens recherchierte Fakten bringt. Die sonst so klagsfreudige FPÖ hat übrigens nicht eine Klage gegen H.H. Scharsach eingebracht wegen dem ersten Buch, das sollte auch zu denken geben.

Bringen wir auch diese Daten und Fakten den Menschen näher, aber vergessen wir auch nicht auf unsere positiven Botschaften. Denn, nur mit Angst und Horrorszenarien wird schon die FPÖ arbeiten und die können das perfekt, aber sonst schon nix....

#spreadthenews

(Foto: privat)

#longcontentwarning

Ich hab ja im Laufe meines nicht mehr ganz so kurzen Lebens schon viele PolitikerInnen live erleben dürfen. Nicht nur auf Podien, Tribünen und Bühnen, nein so richtig im persönlichen Umgang. Und ich kann da schon so das eine oder andere Episödchen erzählen. Nicht alle fein und nett, aber ich bin halt mal eine richtige Gretzn gewesen und stellenweise bin ich es ja noch. Aber fast alle hatten irgendwie was menschliches, berührendes an sich. Fast....

Die erste Begegnung mit einem "hohen" Politiker ist schon lange her. Da war ich noch keine zehn Jahre alt, da sind alle SchülerlotsInnen der Stadt Linz als kleines Dankeschön auf eine Schifffahrt auf der Donau eingeladen worden. Und der Herr Bürgermeister hat uns allen die Hand gegeben und sich bei jedem einzelnen bedankt. Pfuuuuu, ich sag euch was, ich bin vor Ehrfurcht erstarrt. Der Franz Hillinger ist eine lebende Legende gewesen in Linz, der Mascherl-Franzi - laaaaaange vor dem "tlanen Woifi[2]" diesem modischen Accessoire zugetan. Wie gesagt, klein Manfred ist vor Ehrfurcht erstarrt.

Die nächste Begegnung war mit dem damaligen Kanzler Franz Vranitzky. Da ist die Gretzn so richtig

---

[2] Gemeint ist Wolfgang Schüssel, der „tlane Woifi" stammt aus Haderers SchundhefterIn

durchgekommen. Ich war damals Lehrling und in der Tabakfabrik bei der Erneuerung der Lüftungsanlagen beschäftigt. An einem Tag ist eben der Vranzler gekommen mit einer riesigen Delegation. Ich hab dann - gaaaaaaaaanz unabsichtlich - einen Lüftungsmotor verkehrt angeschlossen und als der Vranzler mit Gefolge vorbeiging, da hat das Ding dann halt nicht angesaugt sondern in die Halle geblasen. Blöderweise waren die Lüftungskanäle ziemlich verstaubt. Dann sind die hohen Herren in einer Mordsstaubwolke gestanden. Ich hab mich über den Anblick köstlichst amüsiert und ein paar der hohen Herren haben mich ziemlich sauer angschaut, der Herr Bundeskanzler hingegen hat nur zu mir gesagt:"Jo mei, beim nächsten Mal staubst bitte den Schüssel ein und nicht mich!"

Über meine Begenungen mit Barbara Prammer hab ich an anderer Stelle schon ein wenig ausführlicher geschrieben.
http://www.heimatohnehass.com/2014/08/wer-das-ziel-nicht-kennt-wird-den-weg_58.html

Ich könnte jetzt ja ewig dahinschreiben. Der Barteinstein hat mich im Parlament mal auf die - nicht vorhandene - Kleiderordnung aufmerksam gemacht. Ich hab ihm halt dann sagen müssen, dass ich nicht soviel Rabatt auf mein Gwand krieg wie er. Der Lopatka hat mir bei der Sicherheitsschleuse ebendort mal die Tür aufgehalten und ich hab ihm ganz freundlich gesagt, dass er sich als Bahnsteigschaffner auch gut machen würde. Die Gesichter beider waren Gold wert. Der Jörg Haider hat mir gewunschen ich möge ersticken an seinen Autogrammkarten, nachdem wir bei einer FP Veranstaltung die erste Reihe okkupiert hatten und seine Kärtchen sofort nach Erhalt verspeist haben. Aber immerhin hat er uns Kreativität bescheinigt. Alle, wirklich alle bisher Erwähnten hatten aber - immerhin - irgendwie was menschliches, was emotionales vermittelt. Selbst die Johanna Mikl-Leitner war nett, höflich, respektvoll als ich sie anlässlich einer TV Diskussion vor dem Studio kurz angetroffen hab.

Nur einer dem ich bisher begegnen durfte, musste, der war bar jeder Regung, war desinteressiert, arrogant, abgehoben, gelangweilt. Der Herr Minister des Inneren. Dem durfte/musste ich bei einer Festveranstaltung der GÖD[3] über den Weg laufen. Und ich muss ehrlich sagen, ich hatte eher das Gefühl mit einem Roboter zu palavern, als mit einem Wesen aus Fleisch und Blut. Und genau so macht er auch Politik.

Wenn euch jetzt Grüne fehlen, tjo....da müsste ich ein Buch schreiben, so viele Episoden und Ankdoten gäbe es da. Vielleicht mach ich das ja auch mal. Wobei, ein Bonmotscherl muss sein. Die Judith Schwentner....erste Real Life Begegnung beim Lentos in Linz und beide fast wie aus der Pistole geschossen "Jössas, dich gibts wirklich"....war dann noch ein sehr lustiger Abend.

Was ich mit dem ganzen Schwurbelschwurbel sagen will: ich will PolitikerInnen die menscheln, ich will keine Apparatschiks und emotional abgestumpften

---

[3] Gewerkschaft öffentlicher Dienst

Parteisoldaten. Ich will keine KarrieristInnen sondern Menschen die brennen für das was sie tun und ich hoffe alle meine Follower hier in diesem Medium denken ebenso und nehmen diese Gedanken am 15.10 mit in die Wahlkabine!

#longcontentwarning

Mein Fortpflanz[4] hat ja dieses Trainingscamp, Fussball, what else. Und auf dem Weg dorthin müssen wir bei einem Friedhof vorbei, da kann man schon ein wenig ins sinnieren kommen. Der Herr Fortpflanz hat mich dann gestern gefragt, warum wir denn nicht ewig leben können, was denn wäre wenn wir ewig leben würden, nur um sich die Frage dann auch selbst zu beantworten. "Irgendwann hat man dann alles erlebt, dann wirds fad!" Tjo, recht hat er, der Herr Fortpflanz und künftiger Fussballstar. Oder auch nicht, also Fussballstar jetzn. Wäre aber auch kein Drama, weil bei der Berufswunschliste steht ganz prominent auch noch Astrophysiker. Der Mann hat Pläne sag ich euch...

Aber er hat recht - irgendwann würde es fad werden. Weils nix mehr zu erleben gäbe. Jetzt stellt euch mal vor, wie langweilig Gott schon sein muss (wenn es ihn denn gäbe). Der sitzt seit einer Ewigkeit auf seiner Wolke und schaut uns Wahnsinnigen zu, wie wir die (angeblich) von ihm erschaffene Kugel systematisch kaputten. Dennoch, wir leben nicht ewig, das tun nur der Highlander, und das auch nur wenn der den Kopf ned verliert, und Perry Rhodan. Deswegen sollten wir ja

---

[4] Als Fortpflänze bezeichne ich gerne meine Kinder, hier dreht es sich um meinen Jüngsten

unsere Zeit auch nutzen, sag ich mal. Vernünftig nutzen nämlich.

Weil, wir werden alle sterben, das stimmt. Aber das tun wir nicht heute, wenn nichts unvorhergesehenes passiert, nicht morgen und auch nicht übermorgen. Dafür haben wir nämlich ein wirklich tolles Gesundheitssystem. Ja sicher, es gibt immer was zu raunzen, da sind wir ÖsterreicherInnen ja Weltmeister. Aber im Gegensatz zu den meisten anderen Ländern auf dieser kleinen Kugel sind wir wahrlich verwöhnt. Das sollte uns jeden Tag wieder bewusst werden, vor allem dann wenn die "wir werden alle stäääärben" Attitüde wieder durchschlägt, weil ja alles so katastrophal ist. Ist es nicht, PUNKT.

Jetzt geht mal jedeR sein/ihr Morgenprogramm durch - gedanklich. Ich steh auf und dreh das Licht auf. Jössas, Strom....ein weltweit nicht selbstverständlicher Luxus. Über Nacht hab ich mein Schmaadfon aufgeladen, wieder JÖSSAS Strom. Für gewöhnlich geht man dann auf die Toilette, also ich zumindest. (Zu viel Information? Keine Bange, mehr wirds nicht!) Und ich spüle dann mit sauberem, klarem Wasser. Wieder so ein nicht selbstverständlicher Luxus. Dann hole ich die Zeitung rein. Zeitungen die schreiben können was sie wollen. In manchen Fällen LEIDER, aber immer noch besser als vor so circa 80 Jahren, oder? Tante Jolesch, ick hör dir trapsen. Die Zeitung wird beim Frühstück beäugt und später beim zweiten Frühstück genauer in Betracht genommen. Darüber machen wir uns auch wenig

Gedanken, dass ausreichende und - wenn man denn will - gesunde Ernährung inklusive großer Auswahl in den Geschäften, auch eine Selbstverständlichkeit für uns ist. Bei der morgendlichen Katzenwäsche und beim Zahnderl polieren haben wir wieder Wasser in bester Qualität zur Verfügung. So, ich will euch jetzt nicht meinen ganzen Tagesablauf schildern, das wäre dann wirklich zu fad.

Was ich euch sagen möchte ist - wenn da wieder welche daher kommen und euch erklären wollen wie schlimm, furchtbar und abgesandelt dieses Land denn ist, dann lachts ihm doch einfach ins Gsicht. Sicher gibt es da und dort Probleme und Problemchen. Aber im Großen und Ganzen funktioniert dieses Werkl das sich da Österreich nennt. Weil das ganze Werkl im Grunde auf Rechtssicherheit und Solidarität aufgebaut ist und das sollten wir uns nicht schlecht reden lassen. Samma a bissl solidarisch mit jenen die weniger haben als wir und dann erleben wir eine echte Win-Win-Situation.

Geniessen wir diese paar Jahre die wir auf diesem Staubkorn im Kosmos haben und lassen wir uns nicht von irgendwelchen Typen einreden, dass wir vor allem und jedem Angst haben sollen. Diese Leute leben von eurer Angst, irgendwie kommens mir manchmal so vor wie die Dementoren bei Harry Potter.

Hab ich Angst vor Terror? Ja natürlich macht mir der Terror Angst, erzeugt Unbehagen, aber wieviele Anschläge gab es in Österreich schnell nochmal in den letzten Jahren? Hab ich Angst vor Flüchtlingen? Nein, hab ich nicht. Natürlich wäre es mir lieber wenn es weniger Flüchtlinge gäbe, aber nicht, weil ich glaub, dass die mir was wegnehmen, sondern weil ich möchte, dass JEDER Mensch auf diesem Planeten in Ruhe und Frieden leben kann. Das könnteich jetzt eeeeeeewig dahinspinnen, aber ich seh da schon die ersten eingeschlafenen Gesichter.

Deshalb komm ich zum Schluss - lassts euch ned einreden, dass dieses Land am Ende ist. Österreich ist ein wunderschönes Land und wir alle können mithelfen es noch mit einem Schlagobersgupferl zu versehen!

#wortzumwochenende

(Foto: privat)

#longcontentwarning

So schlimm es klingt, aber mich ödet dieser Wahlkampf schon an bevor er richtig begonnen hat. Und das obwohl ich mich schon für eine richtige Rampensau halte, schon ein Mensch bin der gerne auf die Straße geht um mit den Menschen zu reden, zu diskutieren, sie versuche zu überzeugen.

Aber es fällt schwer sich zu motivieren, wenn man sich so anschaut wie die Mitbewerber agieren. Ich mein, von denen auf der ganz rechten Seite bin ich es eh gewöhnt, dass sie die allertiefste Agitationsschublade öffnen. Das überrascht nicht mehr, das ist irgendwie Business as usual. Aber, dass nun die (ehemals) staatstragenden Parteien auch in diese Schubladen greifen, das erstaunt und schockiert. Der eine schickt seinen persönlichen Kickl aus um einen Journalisten, der angeblich sogar der schwarzen Reichshälfte nahesteht, zu desavouieren. Der andere bedient gleich die "das wird man ja wohl noch sagen dürfen" Schiene. Traurig, traurig, traurig.

Dabei gäbe es dann doch wichtigeres. Den Klimawandel spüren wir alle, von Jahr zu Jahr immer intensiver. Die Arbeit wird weniger, mit der Digitalisierung noch weniger. Bildungsmässig hätten wir, egal in welchem Sektor, auch einiges zu tun. Die Kaufkraft der unselbständig Erwerbstätigen sinkt von Jahr zu Jahr, während auf der anderen Seite die Einnahmen aus leistunglosen Einkommen steigen. Und da red ich ned von der Mindestsicherung, da red ich von Spekulationsgewinnen und dergleichen. Klein- und KLeinstunternehmerInnen sind mit teils haarsträubenden Vorschriften und Behördengängen konfrontiert, Große Konzerne richten es sich, wie es ihnen gerade passt. Aber, was hört man von den Mitbwerbern? "Ausländer, Muslime, Schtonk" Weil es grad opportun ist und weil, vor allem das Kleinformat, auf dieser Trommel spielt.

Walter Scheel sagte einmal "Es kann nicht die Aufgabe eines Politikers sein, die öffentliche Meinung abzuklopfen und dann das Populäre zu tun. Aufgabe des Politikers ist es, das Richtige zu tun und es populär zu machen." Quelle: https://natune.net/zitate/Walter%20Scheel Ich bin überzeugt, dass die Grünen Programmpunkte genau auf dieses Zitat passen, ob das nun die Agenden von Ruperta Lichtenecker, oder Markus Koza sind (und die vielen anderen KandidatInnen natürlich auch, aber das sind halt die beiden, die mich als Gewerkschafter und Betriebsrat am meisten tangieren), hier wird nach vorne gedacht und nicht das Kleinformat bedient.

So, und schon bin ich wieder ein bisschen weniger angeödet.

PS: Diese Zeilen dienten vor allem der Selbstmotivation.

8. September 2017

#longcontentwarning

Wie man(fred) zu nachtschlafener Zeit munter wird? Mensch lese und staune...

Heut morgen hab ich einen Kollegen, der eher in die Richtung Blau und Schwa...äää...Türkis tendiert - obwohl auch in der Gehaltsklasse "Zu wenig zum Leben, zu viel zum Sterben" - in der Straßenbahn getroffen. Man muss eines sagen, der ist ein bissl ein gfeanzta, der immer versucht mich ein wenig aufzuziehen. So auch heute morgen. Normalerweise um die Zeit, und OHNE Kaffee, bin ich eher im "reds in a Sackl, i huach mas späda au" (Übersetzung für nicht Dialektlesende:"Rede es in einen Tüte, ich höre es mir später an") Modus. Aber, nachdem er das vor vielen anderen PassagierInnen und in einer Lautstärke, die Lemmy von Motörhead zu einem Piepserl degradieren würd, gemacht hat, hab ich mir gedacht, das kann ich nicht so stehen lassen!

Angfangen hats damit, dass er einsteigt, mich erblickt und freudestrahlend durch die halbe Bim brüllt:"Maaaaheeee, es Greana, lossds eich amoi wos neichs eifoin! Olleweu dessöbe gjammrad!" (Translation für meine mitlesenden FreundInnen aus Teutonien:"Ma ihr Grünen, lasst euch einmal was neues einfallen! Immer dasselbe Gejammere!") Wie gesagt - ein wenig ein gfeanzta...hmm, wie übersetze ich "gfeanzt"? Egal....tamma weida...

Nachdem er sich dann sitzenderweise neben mir niedergelassen hat, immer noch freudestrahlend lächelnd, in dem Glauben ich befinde mich in dem im ersten Absatz beschriebenen Modus, hab ich ihn dann gefragt, was er denn meine.

(Als besonderen Service für gewohnheitsmässige HochdeutschleserInnen werde ich das folgende Gespräch gleich translieren)

Und dann hat er schon losgelegt:" Ja, Ehe für alle *mimimimi*, Klimawandel *mimimimi*, Europa *mimimi*....." Und so gings weiter bis er alle unsere Themen durch hatte. Dann hab ich freudestrahlend zurückgegrinst und ihm gesagt, dass es mich mit Freude und Stolz erfüllt, dass er sich SO intensiv mit uns auseinandersetzt. Aber, es kam wie es kommen musste (ich kenn ihn ja schon ganz gut), wieder warf er das Nichtargument in die Bim, dass wir ja schon seit Jahren immer dasselbe leiern, wir sollen uns mal was neues einfallen lassen.

Tja, ich hab ihm dann sagen müssen, dass wir, im Gegensatz zu seinen Präferenzen zum Einen viele Themen haben und nicht nur "Ausländer" und zum Anderen, ob denn diese Themen schon abgearbeitet seien, weil wir unbedingt was neues aus dem Hut zaubern sollten. "Na, eh, aber die die Leute können das nimmer hören" Mhmmm, also weil er der Meinung ist, die "Leute" - damit meint er nur sich selbst - könnten das nimmer hören, sind die Themen nimmer wichtig. Auf meine Frage, ob es ihm denn egal sei, wie die Schule aussieht in die seine Kinder mal gehen werden, kam nur ein "Na, eh...", auf die Frage, ob man den Klimawandel jetzt ignorieren sollte kam nur ein "Na eh....", auf die Frage, wie er sich mit seinem Gehalt (ich weiß wo er arbeitet und damit auch was er verdient *ggg*) denn auch in zehn Jahren sein Leben noch leisten kann, vor allem wenn man sich in die Mietpreisentwicklung in Linz ansieht, kam nur ein "Na, eh.....". Und so haben wir uns durch so ziemlich alle Themen "durchNA..EHt".

Dann hab ich diesen Moment der Na..EHenden Sprachlosigkeit genutzt und ihn mal gefragt, was er denn von den Steuerplänen seines Lieblingswunderwuzziskleinbasti[5] hält, wo er als Wenigverdiener mal komplett leer aussteigt und die "Gstopftn" noch Geschenkerl kriegen. Ob das denn Arbeitsplätze schaffen würde, wenn der "Gstopfte" mehr Geld hat und das dann irgendwo bunkert oder spekulativ wo reinwirft, oder wenn man das ganze vielleicht umdreht und den GeringverdienerInnen - wie ihm und mir - ein wenig mehr Geld lässt, das die mit Sicherheit sofort wieder in den Konsum fliessen lassen...da hat er sich dann ein wenig echauffiert und gmeint:"Ja, DAS ist eine Sauerei!"

Ich hab dann schon begonnen, das Gespräch zu genießen. Wie gesagt, Manfred - nachtschlafene Zeit - kein Kaffee, das ist normal eine üble Kombination, aber heut hats richtig Spaß gemacht. Leider hat aber auch die Linie 1 eine Endhaltestelle. Wie er dann über den

---

[5] Sebastian Kurz

Parkplatz in Richtung seines Arbeitsplatzes gegangen ist, hat man ihm von der Weite angesehen, dass ich da anscheinend ein paar Gedankengänge in Bewegung gesetzt habe. SO dürfen meinetwegen jetzt alle Tage bis zum fünfzehnten Oktober beginnen, jeden Tag einen weiteren Menschen zumindest mal zum Nachdenken anregen....dann klappts auch mit der Wahl!

Ich danke für Eure Aufmerksamkeit!

(Bild mit freundlicher Genehmigung „Die Grünen" 2017 www.gruene.at)

#longcontentwarning

Immer wenn ich mit Bekannten, FreundInnen, Verwandten, KollegInnen über die Europäische Union palavere, fühle ich mich an das Leben des Brian erinnert. Die Szene wo die Volksfront von Judäa in ihrer konspirativen Hütte sitzt und darüber redet, was - ja ich frage was - haben uns die Römer den gebracht. Und die Empörung am Ende der Szene, als einer sagte "Den Frieden"...

Natürlich, fließendes Wasser, Wein und Kanalisation hatten wir auch VOR der EU schon. Wenn wir uns allerdings einmal ein wenig zurücklehnen und die nur die letzten 200 Jahre der Historie unseres Kontinentes Revue passieren lassen, dann kommen wir schon auf eine ganze Menge Kriege, Tote, Zerstörungen, Verbrechen gegen die Menschlichkeit. Das ist meiner Meinung nach der größte Verdienst, die wertvollste Errungenschaft dieser Union, dass nun ehemalige "Erzfeinde" gemeinsam in einem Verbund stehen und sich ihre Differenzen auf gesittete Weise ausreden.

Und natürlich ist auch in dieser "Staatenfamilie" nicht alles eitel Wonne. Ist ja in einer realen Familie auch nicht anders. Da gibts immer einen Cousin, eine Tante, einen Onkel mit dem man sich so seine Sträuße ausficht. Aber, es bleibt eine Familie, da kannst Purzelbaum schlagen, da kannst dich am Kopf stellen, dein Onkel bleibt dein Onkel. Wie die Briten gezeigt haben, kann man aus dieser Staatenfamilie austreten, das ist der kleine aber feine Unterschied. Nur, was bringts? Cui bono?

Die EU ist mit Fehlern behaftet, hat so ihre Macken. Vor allem ins Auge sticht mir, das Verständnis vieler, dass die EU eine reine Wirtschaftsgemeinschaft sei. Mit diesem Selbstverständnis ist für die Marktfetischisten natürlich ein Leichtes ihr Evangelium vom freien Markt, der eh sowieso alles regelt herunterzubeten. Wobei - kurzer Exkurs - es ist ja immer wieder erheiternd, wenn diese Marktevangelisten den Linken und Progressiven vorwerfen, ewiggestrige Konzepte zu vertreten. Adam Smith (ja der mit der unsichtbaren Hand) war um gute hundert Jahre früher dran als Karl Marx. Oiso - wer ist da von vorvorvorgestern? Aber, back to Topic. Nein, der Markt regelt nicht alles selbst, vor allem nicht für jene, die nicht mit dem goldenen Löffel im Allerwertesten ins Leben geschlüpft sind. DAS ist die Aufgabe des Staates, hier für Gerechtigkeit und Chancengleichheit zu sorgen. Schon im eigenen Interesse. Massive ökonomische Ungleichgewichte haben schon immer für Instabilität und Unfrieden gesorgt. Ob das nun Demonstrationen, Streiks, oder im schlimmsten Fall, bewaffnete Aufstände benachteiligter und/oder unterdrückter Gruppen waren. Oder glaubt ihr die Bauernkriege haben aus Jux und Tollerei stattgefunden, um mal ganz weit in der Geschichte zurück zu gehen.

Begreifen wir die Union doch als einen Staat der noch wachsen muss, der seine Funktionen noch weiter entwickeln muss, hin zu einer wirklichen Union, zu einer Einheit. Beenden wir den Steuerwettbewerb innerhalb der Union. Arbeiten wir daran, dass Lohn- und Preisniveau angeglichen werden und zwar nach oben, orientiert an Österreich oder Deutschland. Machen wir aus dieser Union eine Sozialunion. Aber das geht nur wenn man DABEI ist, das geht nur wenn man MITEINANDER redet und nicht vom Spielfeldrand reinschreit. Ein Sportsender hatte mal als Werbeslogan "mittendrin, statt nur dabei", das gefällt mir sehr gut in diesem Zusammenhang. Die demokratischen Institutionen der Union müssen ausgebaut werden, das Parlament mit mehr Kompetenzen ausgestattet werden. Dann bekommen die BürgerInnen der Union auch mehr das Gefühl, hier auch mitbestimmen zu können.

Und, zum Schluss, liebe FunktionsträgerInnen (fast) aller Fraktionen: hört auf damit, wenn mal was schief läuft, die Schuld sofort nach Brüssel zu delegieren. WIR alle sind Brüssel, IHR alle seid Brüssel. Bei jeder Entscheidung die dort getroffen wird, sind die jeweiligen FunktionsträgerInnen der Nationalstaaten dabei gewesen. Ob das nun der Kommissar, der Kanzler, oder der/die jeweilige FachministerIn gewesen ist.

Ich bin Linzer, ich bin Oberösterreicher, ich bin Österreicher und ich bin Europäer. Arbeiten wir an diesem Kostrukt Europäische Union, aber arbeiten wir gemeinsam und vor allem arbeiten wir MIT und nicht GEGEN dieses großartige Friedensprojekt!

#wirkümmernuns #dasistgrün

(Bild mit freundlicher Genehmigung „Die Grünen" 2017
www.gruene.at)

#longcontentwarning

Ich bin erschüttert. Und entsetzt. Und nachdenklich. Nicht nur über das Grauen das da über die Menschen in Myanmar hereinbricht. Auch über die Gleichgültigkeit gegenüber der Gewalt die hier hier ausgeübt wird.

Weil, nämlich...

...ein Mensch der mir sehr nahe steht, der jetzt zwar nicht der große Philosoph ist, auch kein Akademiker, aber an und für sich ein Mensch mit Herz und Verstand, der hat erst kürzlich zu mir gemeint, "Die da" sollten sich ja nicht wundern, dass sie da jetzt vertrieben und ermordet werden, weil "Die da" ja Terrorakte gegen die Mehrheitsbevölkerung verübt hätten...

Ich muss auch anmerken, dass der Mensch, der dieses gesagt hat, die am rechten äußeren Rand nicht wählt. Weder die in Blau noch die in Türkis. Und weil er Arbeiter ist, wählt er auch die in Rosa nicht. Und, jetzt kommt warum ich diese Aussage ja so überhaupt nicht verstehen kann, wenn ich mit ihm über Probleme mit MitbürgerInnen aus der Türkei, aus dem ehemaligen Jugoslawien, aus Woauchimmer, gesprochen hab, dann war das immer ein wenig differenzierend. Nicht in dem Maße wie ich mir das wünschen täte, aber immerhin. "Es san jo ned olle so, Oaschlecha gibts do und duat".

"Die da"...schon da ist mir das Gesicht eingefroren. "Die da", die gibts nicht. Es stimmt schon, dass von militanten Gruppen der "Die da´s", Gewalt ausgeübt wurde. Aber dafür kann der Großteil der "Die da´s" wiederum nix, die wollen wie wir alle nur in Ruhe und Frieden leben.

Entsetzt, erschüttert und nachdenklich hat mich diese Aussage deswegen gemacht, weil dieser Mensch, wie oben schon erwähnt, schon in der Lage ist zu differenzieren. Nur in diesem Fall wurde das total über Bord geworfen, das differenzierte Denken, das nicht in Schwarz-Weiß einteilen der Welt.

Ich kann das nicht, das Leiden von Kindern, das Leiden von Frauen und Männern, mit der Zugehörigkeit zu einer Bevölkerungsgruppe zu begründen und zu rechtfertigen. Und ich werde das auch hoffentlich nie nie nie können. Haben wir denn garnichts gelernt aus den Schrecken des vorigen Jahrhunderts?

Und, vor allem ein Gedanke, was wenn wir plötzlich eines Tages die "Die da´s" wären? Wie würden wir uns fühlen, so im Stich gelassen von aller Welt und für unser Schicksal selbst verantwortlich gemacht.

"Be a Mensch" singt der Herr Doktor Kurt Ostbahn. Und recht hat er, der Herr Dokta!

(Bild: www.pixabay.com)

Diesem longcontent liegt ein Satz aus dem freiheitlichen Wahlprogramm 2017 zugrunde, in dem gefordert wird, die EMRK außer Kraft zu setzen und durch eine „Österreichische Menschenrechtskonvention" zu ersetzen…

Eigentlich wollte ich mein #longcontentwarning heute zum Thema "Ehe für Alle" schreiben. Eigentlich.... Aber dann ist etwas passiert, das leider ziemlich untergegangen ist, medial wie bei den Politschaffenden.

Die von der ganz rechten Seite stellen die Menschenrechte in Frage, so ganz nach dem Motto:"Vorwärrrts Kammmerrrrrraden, wir müssen zorrrrrrröck!". Wobei, das passt eh auch ganz gut zum geplanten Thema, irgendwie.

Was mir ein wenig gefehlt hat, war die Empörung der MitbewerberInnen. Wenn so was in den Raum gestellt wird, müsste eigentlich die kollektive Reaktion in die Richtung "Homma an Poscha?" gehen. Aber, nichts, niente, nada....kein Muh, kein Mäh, nur der Standard hat es aufgegriffen, soweit es mir das Orakel von Google verraten hat.

Wollen wir das wirklich? Wollen wir wieder in Zeiten zurück, wo die Rechte des Einzelnen aufgrund einzelner Faktoren, auf die man sehr oft keinen Einfluss hat, beschnitten werden dürfen? "Och, du bist nicht in

Österreich zur Welt gekommen? No, Pech ghabt", wollen wir das wirklich? "Och, wos, schwul samma? No Pech ghabt!", "Och, deine Eltern waren Moslems und du hoid jetzt ah, Pech ghabt!" Wollen wir das? Drehen wir den Spieß um und imaginieren wir mal, dass ich, du und du nicht das Glück hatten, als eingeborener Austriake mit katholischem Religionshintergrund, heterosexueller Ausrichtung und weißer Hautfarbe ins Leben zu schlüpfen. No, klingelts?

Eine der wichtigsten Errungenschaften des letzten Jahrhunderts, waren die unteilbaren Menschenrechte, die jedes Individuum, unabhängig von seiner Herkunft, seiner Hautfarbe, seiner Religion, seiner sexuellen Ausrichtung, seines Wohnorts mit denselben Rechten ausstatten sollten. Wir sind, global gesehen, eh noch Lichtjahre von einer vollständigen Umsetzung entfernt und da beginnen schon wieder ein paar Vorvorvorgestrige sie in Frage zu stellen. Eigentlich hätte ich mir ein kollektives "Homma an Poscha!" erwartet, das tosende Schweigen des Großteils der Meinungsmmachenden und Politschaffenden zeigt mir, dass viele Menschen für solche Gedanken durchaus anfällig sind und das nicht nur am vielzitierten und vielgequälten Stammtisch!

Stehen wir auf für jene, die KEINE Stimme haben, erheben wir unsere Stimmen für jene die überhört werden. Das wäre immerhin mal ein Anfang. BE A MENSCH!

#wirkümmernuns #dasistgrün

(Bild mit freundlicher Genehmigung „Die Grünen" 2017 www.gruene.at)

26. September 2017 ·

#longcontentwarning

Wenn Dir die Miete zu teuer ist, kauf dir doch eine Wohnung...leidet Basti Fantasti[6] am Marie Antoinette Syndrom?

Ich kenne ja diese Diskussionen zur Genüge. Diese Unfähigkeit sich in jemanden hineinzufühlen, der sich mit nur sehr geringem Gehalt, Monat für Monat durchgfrettn muss. Meine "liebste" Erinnerung hier ist an ein Sommerfest einer Bank mit Schwarzgelbem Farbhintergrund, die sich hierzulande allerortens ziemlich breit macht. Aber, das ist eine andere Geschichte. Wie gesagt, Sommerfestl, ein kurzes Gespräch über arbeitslose AlleinerzieherInnen, denen ja wohl doch das Geld gestrichen gehört, wenns ned sofort bei einer großen Einzelhandelkette anfangen. Nachdem ich ein Weilchen sermonierte, dass das, vor allem im ländlichen Raum an fehlender Kinderbetreuung scheitert, bekam ich nur ein lapidares: "Dann solls halt ein Kindermadl nehmen" zurück. Mein Einwand, dass das auch bezahlt werden möcht, wurde geflissentlich ignoriert und das Gespräch schnell, sehr

---

[6] Wieder einmal hab ich Sebastian Kurz einen Spitznamen verpasst...

schnell, auf die entzückende Landschaft herumgerissen. Wobei, die war wirklich entzückend....

Das haut irgendwie in die gleiche Kerbe, wie die Altschwarzen, die ins bläuliche erblassten, jetzt hauen. Wenn du dir die Miete nicht leisten kannst, dann kauf dir doch eine Wohnung. Wie man am untenstehenden Tweet sieht, das meinen die tatsächlich ernst! Das hab ich mir nicht am dünnsten aller Haare herbeigezogen. Ist das nun fehlende Empathie, schamloser Zynismus oder doch grenzenlose Blödheit? Ich weiß es nicht, aber in keinem der drei Fälle, macht das die Altschwarz-Neutürkisen für unselbständig Erwerbstätige, für prekär Beschäftigte, für AlleinerzieherInnen, und so weiter und so weiter, wählbar sag ich mir.

Weil, wenn ich da jetzt meine eigene Biografie heranziehe, ich hab mein Leben lang gearbeitet, bei meinem ehemaligen Dienstgeber ned mal schlecht verdient, aber ohne ererbtes Backup hätte ich mich nie und nimmer drüber getraut, mir immobiles Eigentum anzuschaffen. Wobei, da kommt dazu, dass das nicht zu meinen Lebenszielen gehört hat. Und, da muss ich auch kurz abschweifen. Auf der einen Seite möchte man, dass sich Menschen immobiles Eigentum anschaffen und sich damit langfristg an einen Ort binden und auf der anderen Seite will man, dass die Arbeitskräfte möglichst flexibel und mobil sind. Da beisst sich die Katz in den Schwanz, weil - das sind zwar jetzt in der Theorie zwei Gruppen - ebenso wie bei ArbeiterInnen und KonsumentInnen - aber das umfasst eine gewaltige Schnittmenge, quasi Personalunion! Aber - back to

Topic! Also, da haben wir mal Numero Uno, ich als selbstbestimmter Mensch WILL gar kein immobiles Eigentum anschaffen. Punktum! Und Numero Due, selbst wenn ich gewollt hätte, es wäre ohne ein gewisses Grundkapital nicht anzuschaffen gewesen, auch wenn ich gut verdient hab. Dann hätte ich den Großteil meines Lohnes für die Kreditrate abliefern müssen. Die fünfhundert Euro die der Herr Jurazcka da anspricht, da kannst dir grad mal ein Mauslocherl kaufen. Mit Kindern kannst dir den Gedanken daran gleich mal einpapierln. Oder du verschuldest dich gleich mal auf ein paar Generationen, weil die Immobilienpreise, die starten raketengleich gen Himmel!

Ergo - dieses flappsige "dann kauf dich doch ein Wohnung", beruht auf absoluter Unkenntnis oder Ignoranz der Lebensrealitäten der Menschen, selbst mit halbwegs nettem Einkommen, da red ich noch nicht mal von der vielgequälten Billakassierin.

Es gab und gibt von den Grünen immer und immer wieder Vorschläge und Massnahmen, wie man die Wohnungsmisere, die Explosion der Mietkosten abfangen könnte. Aber, die kommen ja von der bösen Opposition....

#logcontentend #wirkümmernuns #dasistgrün

Manfred Juraczka
@JuraczkaM

Antwort an @SiegiLindenmayr

Besser € 500 pro Monat Kreditrückzahlung für Eigentum als €
500 p.M. Miete. Gar nicht schwer zu verstehen. Selbst für SP-
Mandatare 😂

10:17 AM · 15 Sep. 17

(Screenshot Twitter)

#longcontentwarning

Ich hab mir ja jetzt schon wirklich viele TV-Duelle angeschaut. Warum ich mir allerdings gleiche Konstellationen auf verschiedenen Sendern gegeben hab, das dürft ihr mich bittschön jetzt ned fragen. Weil, da wurde eigentlich nur eh schon Bekanntes ausgetauscht.

Was gestern wieder faszinierte, das war wie schnell der Basti-Fantasti (sorry, ich weiß - Verballhornung von Namen ist ja sowas von ungrün, aber bei den pseudologischen Fähigkeiten des Herrn Kurz KANN ich einfach nicht anderes), egal zu welchem Thema man ihn befragte, bei der Migration, bei den AusländerInnen und bei Schutzsuchenden war. In der Analyse hat es Professor Filzmair eh sehr nett gesagt, dass er selbst bei Verkehrsthemen in Nullkommanix dort landen würde. Etwas drastischer drückt es Colette Schmid im Standard aus: "Würde man sich den fragwürdigen Spaß machen, ein Trinkspiel zu den Wahlduellen mit Kurz zu veranstalten, bei dem je ein Schnaps getrunken werden muss, wann immer Islamismus oder Migration vorkommen, man wäre nach 30 Minuten sturzbetrunken. Bei Heinz-Christian Strache würde es wahrscheinlich immerhin 45 Minuten dauern."

Aber, auch wenn BF (Basti-Fantasti) hier immer und immer wieder auf den Empörungsbuzzer drückt, eines ist mir die letzten Wochen schon aufgefallen. Viele

Menschen, mit denen ich gesprochen habe, die interessiert das Thema bestenfalls am Rande. Und da red ich jetzt nicht von meiner "linksgrünen" Facebookblase. Da red ich von KollegInnen, da red ich von FreundInnen, Verwandten (und glaubt mir, in MEINER Verwandtschaft ist das gesamte politische Spektrum dieser Republik abgebildet!), Bekannten. Klar werden sich jetzt einige denken, der arbeitet ja auf der Uni, da sind ja nur so linksgrüne. Pffffft, denkste, schön wäre es. Nö, nö, ich hab unter meinen KollegInnen auch eingefleischte FPÖ WählerInnen und viele türkis Anghauchte. Aber, die interessiert das Thema nur am Rande oder garnicht. Selbst mein Vater hat gestern beim TV Duell gezetert, warum der BF schon wieder damit anfängt. Ich mein, dass die Krawallblattln da voll drauf setzen, das ist nachvollziehbar, ungustiös aber nachvollziehbar, das bringt Auflage, Zugriffe auf die Homepage und viel Aktivität in den Kommentarbereichen. Aber aktiv sind da eh immer dieselben Kampfposter. Langweilig auf die Dauer. Egal.....wenn jetzt das Thema Flüchtlinge, Migration und Integration nicht das wichtigste für die Leut sind, mit denen ich geplaudert hab die letzten Wochen, was bewegt die Leut denn dann?

Vor allem mal - wie kann ich mir auch in Zukunft mein Leben leisten? Wie kann ich meine Wohnung bezahlen? Warum wird alles unverhältnismässig teurer und warum steigen unsere Löhne nicht in dem Ausmass? Ist mein Arbeitsplatz halbwegs sicher? Verliere ich ihn vielleicht an einen "Blechdodl"? Und noch eines, was mich selbst ein wenig gewundert, aber dennoch ganz massiv erfreut hat, wer tut denn was für den Umweltschutz? Gewundert hats mich insofern, weil es mich bei manchen Leuten die ich kenne, doch ein wenig überrascht hat, dass sie sich plötzlich mit dem Thema auseinander setzen. Aber die Wetterkapriolen dieses Sommers - dies- und jenseits des Atlantischen Grossteiches - die haben schon bei dem Einen oder Anderen Denkprozesse ausgelöst. Und aus diesen Gesprächen ergab sich dann meistens die Frage: "Kann man Umweltschutz und Wirtschaft unter einen Hut bringen?" Diese Frage konnte ich glücklicherweise dann immer mit einem freudestrahlenden: "Jo, sihalich!" beantworten. Brauchst nur auf unsere Homepage schauen, da steht wie es ginge....

Also, meine lieben Mitlesenden! Lasst euch von diesem Wahlkampfframing "Ausländer" auch weiterhin nicht beeindrucken (i am proud of you!) sondern denken wir über die wichtigen, über die LEBENSwichtigen Zukunftsfragen nach!

#dasistgrün #wirkümmernuns

(Bild mit freundlicher Genehmigung „Die Grünen Oberösterreich" 2017 https://ooe.gruene.at/)

2. Oktober 2017

Ausgangspunkt waren hier die von Tal Silberstein gefakten Seiten über Sebastian Kurz

#longcontentwarning #sorryfürdieschiachenwörter

So, zuerst den Teil mit den schiachen Wörtern....ich werd kurz meiner Empörung Raum geben und dann komm ich eh zum Kern der Sache! (Damit ich auch mal ein deppades Wortspiel angebracht hab!)

Jo Himmekreizkruzifixnumoi.....ja sicher ist die Gschicht mit den Fakeseiten ein ziemlich großer Scheisshaufen, ja Scheisshaufen. Und das ist noch das netteste was mir einfällt. Aber was mich, ehrlich gsagt, jetzt eigentlich noch mehr aufregt, ist wie sich da die anderen, speziell zwei Herren gestern bei der ATV Runde, als Moralapostel und Scheinheiligenabziehbilder aufgeführt haben.

Zum Einen der Föhrer der ganz weit rechts aussen Stehenden. Eine Partei, die seit JAHREN(!!!!) das Klima in diesem Land vergiftet, tagein, tagaus über alle Kanäle nix anderes zu tun als zu hetzen, als zu spalten, die über ihre vielen Plattformen NACHWEISLICH Fake-News verbreitet, die über ihre Plattformen sehr oft knapp an Grenze zur Wiederbetätigung vorbeischrammt und wenn sie mal übertreten wird, immer ganz weinerlich von Ein-Zell-Fall und linkslinker Hetze daherseiert, der spielt sich da als Moralapostel auf? ECHT JETZT?

Und zum anderen, der junge, der Basti-Fantasti. Die JVP Gschicht, die ist im Sand verlaufen. Die manipulierte Islam Studie, jo mei. Er is ja noch jung, da kann sowas schon mal passieren. Das gefakte Bild zur Entwicklungszusammenarbeit. Oh ja, das war ein Fehler, ui, tut mir leid. Aber, ich war jung und brauchte das Geld. Und wenn man ein wenig weiter zurückgeht in der Historie und sich ein wenig in Erinnerung ruft, was die VP alles so in Wahlkämpfen aufgführt hat...Haschtrafiken, die Kern-Kommunisten-Broschüre...johimmeherschaftszeitenkreizkruzifuffzeh nnumoi...

Ist das alles jetzt egal? Nimmt man den beiden das wirklich ab, dass sie sich jetzt als Scheinheiligenbildchen gerieren? Die beiden sollten eigentlich GAAAAAAANZ still sein. Was mich halt da auch noch interessieren würde, warum weiß Basti-Fantasti WIEVIELE MitarbeiterInnen da in diesem Bashen-wir-mal-kurz-rum Team gearbeitet haben?

So, aber, jetzt Finger runter vom Empörungsbuzzer und zum Eigentlichen!

Weil nämlich, ich hab gestern spät Abends noch folgendes gepostet:"Ich glaub ja, dass diesem Land ein Kanzler Kern und eine Vizekanzlerin Lunacek unheimlich gut tun würde..."

Und ja, ich bin absolut überzeugt davon, dass dem so ist. Das Posting hat relativ viel Zustimmung bekommen, aber leider auch viele Kommentare wo halt sehr viel Zweckpessimismus verbreitet wird. Liebe Menschen, es sind noch zwei Wochen bis zur Wahl. Nutzen wir die Zeit lieber dazu, um die Leute zu überzeugen, dass eine derartige Konstellation das gsündeste für uns Alle wäre. ICH glaube dran!

Wenn es um soziale Gerechtigkeit geht, wenn es darum geht, dass die Schere zwischen Arm und Reich nicht noch weiter auseinandergeht, wenn es darum geht, dass wir Industrie 4.0 als Chance sehen und nicht als grande Katastrophe, wenn es darum geht, den vom Menschen verursachten Klimawandel abzufedern, wenn es um Menschenrechte geht, wenn es um ein respektvolles Miteinander geht, dann geht sich das NUR mit diesen beiden aus. Abgesehen von diesen Flitzpiepen, die diese Kacke da jetzt verbrochen haben, gibt es in der SPÖ sehr viele Menschen, die an Werte wie Solidarität, wie Egalität glauben und auch so handeln.

Und bei uns Grünen gehört das zur Standardausführung. Also quasi Grundpaket ohne Extras...

Extras haben wir aber dann in Hülle und Fülle. Da haben wir eine Ruperta Lichtenecker die sich intensivst mit der Digitalisierung auseinandersetzt, da haben wir einen Clemens Stammler der selbst Bauer ist und weiß wovon er spricht, da haben wir eine Gabi Moser die sich über die Parteigrenzen hinweg einen Namen gemacht hat als Controllerin der Republik, da haben wir eine Dagmar

<u>Engl</u> die sich für Frauen- und ArbeitnehmerInnen stark macht. Und das sind mal nur die KandidatInnen aus Oberösterreich.

Oiso, langer Rede kurzer Sinn: wenn man sich auch nach dem fünfzehnten Oktober eine Regierung wünscht, die nach vorne denkt, dann kann hat man im Grunde eh keine andere Wahl....

#wirkümmernuns #dasistgrün

Und wer jetzt bis zum Ende gelesen hat, darf sich ein Getränk auf eigene Rechnung holen!

(Foto: www.pixabay.com)

#longcontentwarning

In einer Woche sind wir aufgerufen zu den Urnen zu schreiten. Und die Wahl scheint, wenn man den Medien glaubt, entschieden. Ich will ja jetzt nicht in die rechte Diktion der "Lügenpresse" verfallen, keine Angst, tu ich auch nicht. Aber ich sags mal so, und das hab ich gestern wieder einmal live erleben dürfen, was unsere *hüstelhüstel* Qualitätsmedien wie Österreich, Heute und Krone so schreiben, das geht zum Großteil sehr an dem vorbei, was die Leute bewegt.

Wir sind gestern, wahlwerbenderweise, vorm Einkaufszentrum in Linz/Kleinmünchen gestanden, so quasi #inmyhood. Kleinmünchen ist seit je her ein ArbeiterInnenviertel. Kleines Bonmotscherl am Rande, bei den aktivsten im Jugendclub in der Dauphinestrasse so Mitte der 1980er Jahre hatten wir genau EINE Person, die eine höhere Schule besuchte, den nannten wir liebevoll unseren "Bleistiftspitzer". Das zeigt glaub ich, schon sehr deutlich wie es um die soziale Struktur in Kleinmünchen bestellt ist. Da hat sich bis heute nicht viel geändert.

Wir, also der Armin Kraml, der Wibren Visser und ich, sind also da zur besten Einkaufszeit dort gestanden und haben mit den Menschen gesprochen. Und da war VIEL Gesprächsbedarf bei manchen. Und, ich kann da für mich sprechen und ich denke dem Armin und dem Wibren ist es nicht anders gegangen, nicht eines dieser

Gespräche drehte sich um Flüchtlinge, um Ausländer oder um diese deppade Facebookgeschichte. Vor allem bei letzterem haben die Leut abgewunken und gsagt:"Der Sche** interessiert mich genau garnicht!"

Was fast alle bewegt und aufgeregt hat - wie bringe ich das Monat hinüber. Wie zahle ich Miete, Strom, Einkauf. Zugegeben, Klimawandel war jetzt auch nicht SOOOO das Thema, aber ich verstehs. Das Hemd ist mir nun mal näher als die Jacke. Wenn ich Monat für Monat raufen muss, dass ich mein Leben fristen kann, dann mach ich mir darüber auch weniger Gedanken. Aber, der Spin war in den Gesprächen immer schön zu drehen, wenn so manche angefangen haben mit:"Jo oba es Greane, es kümmerts eich jo ah ned um de klaan Leit!" Das hat dann so manchen schon beeindruckt, was bei uns so an sozialem im Programm steht. Und ich glaub, so manche haben wir überzeugen können, dass eine Stimme für Grün, keine verlorene Stimme ist...vor allem - und da war ich selbst erstaunt, bei Älteren, bei PensionistInnen, die ich teilweise ja auch persönlich gekannt hab und von denen ich weiß, dass sie seit jeher nur Rot gewählt haben. Und sehr oft hab ich halt ghört:"Jo, bist du ned dem Norbert sei Bua?" Oiso, Vattern - wir gehören anscheinend zur Kleinmüncher Prominenz...na gut, wir sind auch Luftlinie circa 100 Meter vom ASKÖ Donau Platz gestanden. *ggg*

Langer Rede - kurzer Sinn.....aussi zu de Leit, die haben andere Sorgen als irgendwelche deppadn Facebookseiten, als die Frage wer da wem jetzt die

Emails geklaut hat. Raus aus der Social-Media-Politblase...und rein ins Leben!

#wirkümmernuns #dasistgrün

(Foto: privat)

#longcontentwarning #pinkifizierung

Weltmädchentag, ja der ist heute. Find ich gut, find ich wichtig, find ich sogar sehr wichtig. Weil es ja, wenn man(n) mit offenen Augen durch die Welt spaziert, ja sowas von offensichtlich ist, dass die größte Gruppe diskriminierter Menschen immer noch die Frauen sind. Ich zähl aber jetzn da ned auf, was, wo, wie dies überall passiert. Das würde den Rahmen total sprengen.

Aber, um was gehts bei solchen internationalen Aktionstagen eigentlich? Es soll auf ein bestimmtes Problem aufmerksam gemacht werden. Das sind wir uns ja noch einig, denk ich, oder? Über das WIE, da kann man allerdings trefflichst streiten. Und wie man da streiten kann. Mir stellts ja da regelmässig die Haare auf, wenn ich sehe, WIE solche Tage oft mit jedem noch so erbärmlichem Klischee abgefüllt werden.

Das ist leider beim Weltmädchentag nicht anders. Gebäude werden in Pink erleuchtet. In Medien und sozialen Netzwerken werden allerlieblichste Bildchen und Zeichnungen zur "Feier" dieses Tages verwendet und geteilt und gepostet. Wobei, was gibtst denn da zu feiern, bittschön? Das sollte mir auch mal jemand beantworten.

Ich persönlich finde diese #pinkifizierung und dieses Verniedlichen aber sowas von krontraproduktiv. Weils ja wieder auf "jo, eh, liab" rausläuft. Weil ja damit auch den Mädchen gegenüber signalisiert wird "jo, eh, liab" ist der Anspruch, ist die Botschaft des internationalen Mädchentages.

Wie gesagt, ich find das kontraproduktiv, in Aufmachung und Message. Als Vater zweier Töchter, die ihren Weg machen - einen der mich schon sehr mit Vaterstolz erfüllt - denk ich mir schon, WAS bitte hätte dieses niedliche Mädchenbild das mit diesen Methoden vermittelt wird, ihnen auf diesem Weg geholfen? Nichts, niente, nada....mit pinken Häusern schafft man kein Bewusstsein, schafft man keinen Anstoss die Töchter zu selbstbewussten, selbstbestimmten, kritischen Menschen zu erziehen. Weil, meist scheitert es ja am klischeebehafteten Denken der Altvorderen schon, dass Mädchen in diese Rolle gedrängt werden und es für das natürlichste der Welt halten in die rosarote Niedlichkeitslade gesteckt zu werden. Mit rosa Wänden und niedlichen Mädchenzeichnungen und süßen Blumenbildchen, da verstärken und bestätigen wir dieses Klischee.

Verräumen wir diese "Hello Kitty" Klischees und sagen wir unseren Töchtern, sie sollen sich lieber an Pipi Langstrumpf ein Beispiel nehmen...auch wenns für uns Altvorderen dann ungleich anstrengender wird.

Ich danke für eure Aufmerksamkeit!

29. Oktober 2017 ·

#longcontentwarning

Die vierzehn Tage digitales Entgiften haben gut getan. Und waren notwendig, sehr notwendig.

Zum Einen waren die letzten Tage der Wahlauseinandersetzung, vor allem in den asozialen Medien, schon nur mehr schwer verkraftbar. Manchmal frag ich mich echt, was in Menschen vorgeht, die ihnen vollkommen Unbekannten so nette PNs schicken. Ich hab irgendwann zu zählen aufgehört, wie oft ich am Allerwertesten gepfählt hätte werden sollen, wie oft ich von unzähligen Kamelen gef***t hätte werden sollen. Auch wenn das so richtige mutige Menschen waren, die einen nach Absenden der Nachricht gleich geblockt haben, oder gleich komplett dilettantisch erstellte Fakeaccounts, es nervt, es geht an die Substanz. Es wurde ja eh schon viel geschrieben über die Mechanismen in den digitalen Medien und es ist mir auch durchaus bewusst, wie solche Dinge funktionieren. Aber das heißt nicht, dass ich es verstehen oder vielleicht sogar gutheißen muss. Was mir ja dann auch immer durch den Kopf geht - ich bin ja einer der viel gewohnt ist, auch nicht immer mit der feinen Klinge arbeitet, ich halt schon was aus - wie muss es da etwas zarter besaiteten Gemütern gehen, wie geht es da dann Frauen, die ja nicht nur mit Gewaltfantasien bombardiert werden, sondern wo die Nachrichten und Kommentare auch sehr oft in einem sexualisierten Kontext stehen. Und auch nach der Wahl war in den diversen Foren (vor allem Kleinformatigen) noch immer keine Ruh. Ganz im Gegenteil, was sich da an Allmachts- und Gewaltfantasien manifestiert hat....unglaublich.

Zum Anderen war unser Abschneiden bei dieser Wahl mit ein Grund, mich mal ein paar Tage auf die Finger zu setzen. Weil ich mich ja auch kenne und schnell mal zur Tastatur greife und mal aufs virtuelle Papier bringe, was mir grad so durch den Kopf geht. Aber ich wollte mich nicht in die Reihen der Balkonmuppets begeben, die da in Nullkommanix aus den dunklen Ecken und Löchern gekrochen gekommen sind. Die "Ehschonimmergewussthaber", die "Hättsmichhaltgfragtsager". Und besonders ärgern mich jene, die sehr kräftig mitgeholfen haben den Karren in den Dreck zu fahren (sorry, aber der Vergleich ist halt treffend) und sich aber in Windeseile nun aus dem Staub machen und versuchen sich die Hände in aller Unschuld zu waschen. Pontius Pilatus war ja ein Waisenknabe gegen so manche.

Natürlich habe ich auch so meine Kritikpunkte, aber die werde ich nicht hier oder andernorts öffentlich machen. Weder mit Postings, noch mit Kommentaren, oder wo auch immer. Die bringe ich dorthin wo sie hingehören, in den diversen Gremien, zu den betreffenden Personen...Punkt!

Jetzt heißt es mal halt, um beim Vergleich zu bleiben, zu schauen, dass der Karren nicht komplett im Dreck versinkt und ihn dann wieder flottmachen.

So genug gesudert für den Anfang, mehr demnächst auf diesem Kanal.... 😏;)

(Foto: Meme-Generator)

Österreichische Innenpolitik hat ja immer so einen kleinen Hang zum skurril schaurig morbidem, zum kafkaesken. "Wos, des funktioniert? Schnö hinich mochn!" Vor allem die immer wieder ins Rollen gebrachte Diskussion über den Wert oder Unwert der SozialpartnerInnenschaft, die erinnert mich gerade aktuell wieder an das Leben des Brian. Ihr kennt doch sicher die Szene, wo sich die judäische Volksfront in ihrem Hauptquartier berät, was denn bittschön die Römer schon gebracht hätten.

So in etwa läuft auch der Diskurs bezüglich der SozialpartnerInnen. Was bitte haben die uns denn gebracht? Ich überspringe die gesamte Szene und komme gleich zum Schluss - den Frieden! Österreich ist eines der Länder auf dieser Kugel, die sich da Erde nennt, in der Arbeitskämpfe vor allem am Verhandlungstisch stattfinden. Das gfällt so manchem nicht, warum auch immer. Ich muss ja nicht alles verstehen. Aber, es wird eh schon ganz mannhaft auf den Tisch ghaut, dass man sich "von ein paar Streiks nicht beeindrucken lassen wird!" Ah, eh....echt jetzt? Warum überhaupt so weit kommen lassen, dass die ArbeitnehmerInnenverbände über Kampfmaßnahmen beraten?

Bei aller, teilweise zu Recht, geäußerten Kritik an den Interessenverbänden wie Arbeiterkammer, Gewerkschaft, Wirtschaftskammer und wie sie noch alle heißen. In diesen Institutionen wird mit viel

ExpertInnenwissen und Energie für das zu vertretende Klientel gearbeitet und die gesetzgebenden Körperschaften mit eben diesem ExpertInnenwissen beraten und unterstützt. Wenn man drauf verzichten will....nu denn...für besonders klug halte ich so eine Vorgehensweise nicht. Eigentlich sogar das ganze Gegenteil von klug. Weil, wenn ich heut daheim ein Problem mit der Wasserleitung hab, dann hol ich mir auch keinen Musiklehrer der mir da helfen soll, da hol ich mir auch einen Installateur, oder?

Dass nun vor allem die selbsternannte Partei des "kleinen Mannes" (SePdkM)[7] die Pflichtmitgliedschaft in den Kammern abschaffen will, das spricht Bände. Die SePdkM will mit aller Gewalt die Interessensvertretung ihres größten Wählerklientels abschaffen...kannst du nicht erfinden. Weil, was heißt, Aufhebung der Pflichtmitgliedschaft? Das heißt, dass sie die Leute, die sich seit Jahren von der SePdkM die Ohren mit allerlei an den Haaren herbeigezogenem volldröhnen lassen, auch einer Kampagne gegen die Kammern nicht verschließen werden und auf die Schalmeienklänge von Heinrich dem Rächer der Enterbten[8] reinfallen werden. Man sollte auch nicht vergessen, dass es immer progressive Kräfte wie die Grünen und die Sozialdemokratie waren, die einer Ausgewogenheit der Interessen den Vorzug gaben und auch die Machtverhältnisse zwischen den Interessensgruppen versucht haben auszugleichen, in allen

---

[7] Gemeint ist natürlich die FPÖ
[8] Heinz Christian Strache

Lebensbereichen. Mit der klaren Vision einer gerechteren Gesellschaft. Dazu braucht es aber die institutionalisierten Interessensverbände.

Ein Ende der Pflichtmitgliedschaft bedeutet auch das Ende der Kollektivverträge, so viel Realismus MÜSSEN wir an den Tag legen. Auch wenn das verfassungsmehrheitsbringende Anhängsel in Rosa das vielleicht anders sehen möchte. Und uns Grünen immer vorwerfen WIR wären die Träumer und realitätsfremd. *ggg* Ein Ende der Kollektivverträge ist aber auch ein Ende des sozialen Friedens in diesem Lande. So viel Realismus bringe ich auch auf. Wenige UnternehmerInnen sind bereit MEHR als den KV Lohn zu zahlen, außer sie sind gerade personell in der Bredouille, was aber eher selten passiert. Ein Ende der Kollektivverträge heißt aber auch, dem Lohndumping Tür und Tor zu öffnen und noch mehr Menschen als heute schon an oder unter die Armutsschwelle zu drücken. Marktliberale Menschen hätten ja nur zu gerne, dass auch der - meiner Meinung nach wirklich absurd benamelte - "Arbeitsmarkt" der Marktlogik unterworfen wird. Was ihnen dabei herzlich egal zu sein scheint - wir reden hier nicht über "human Ressources" oder ein zu hebendes "Arbeitskräftepotenzial", wir reden über Menschen, über Menschen die auch ihren Lebensunterhalt zu bestreiten haben, über Menschen die im Niedriglohnbereich schon jetzt am Ende des Geldes noch einen Haufen Monat übrig haben.

Die SozialpartnerInnen haben in dieser Republik dafür gesorgt, dass der soziale Friede im Lande erhalten bleibt. Das sollte man immer bedenken, wenn man mit der originellen Idee einer defakto Abschaffung liebäugelt....

PS: Der Verfasser dieser Zeilen ist KEIN Funktionär einer Kammer, keiner dem man unterstellen könnte hier einzig und allein im Eigeninteresse zu argumentieren!

(Foto. www.pixabay.com)

#schiachewörterwarnung #longcontentwarnung

Ich muss meinem Unmut wieder mal ein wenig Luft machen! Ein klein wenig halt.... Anlass ist, dass ich gestern auf nachrichten.at zwei im Grunde unverfängliche Artikel gelesen hab und den furchtbaren Fehler begangen habe, mir auch noch die Kommentare zu Gemüte zu führen.

Bei einem ging es um eine Promotionsfeier an der JKU, beim anderen um eine Coverversion eines Hubert von Goisern Liedes von Conchita Wurst. Zwei Artikel bei denen man sich eigentlich jetzt nicht viel denkt. Aber (immer diese Abers) - die Kommentare. Soviele Tische gibts garnicht wo ich da einschädeln möchte. Von den ganz normalen "Kotz" Emojis bis hin zu Todeswünschen und Schlimmerem. Ja es gibt schlimmeres als einem Menschen den Tod zu wünschen, nämlich unendliche Qualen bis zum Eintritt desselbigen. Das Krönchen wurde dem Ganzen heute aufgesetzt bei einem Kurier Artikel über Hasspostings, bei dem das Forum wegen Hasspostings gesperrt werden musste.

Und dann wieder die Leier von der "Meinungsfreiheit" und man müsse ja die "Sorgen der Menschen ernstnehmen". Echt jetzt? Worin bestehen die Sorgen solcher Vollspacken die nichts anderes zu tun haben, als tagein, tagaus in den Foren herumzupöbeln und zu hetzen? Dass ihnen das Dosenbier ausgeht? Dass das Sonntagsschnitzerl zu braun ist? Wobei, hmmm, diese

Farbe tät ja passen. Aber die Frage meine ich ernst, worin bestehen die Sorgen, die ernstzunehmenden, solcher Leute? Da sind Menschen dabei, die im Nachrichtenforum weit über 40.000 Kommentare abgesetzt haben, also quasi 24/7 online sind und nichts, aber auch gar nichts, zu einer Diskussion beitragen. Nur blöd rumpöbeln. Und solche Menschen und deren "Sorgen" soll ich ernst nehmen? Echt jetzt? Ich mag mich mit solchen Menschen nicht mal zufällig an einem Würstlstand treffen, die nix besseres zu tun haben als einem Künstler, dem Staatsoberhaupt oder einer Journalistin alles Mögliche an den Hals zu wünschen. Ich geh sogar einen Schritt weiter. ICH PFEIFF AUF EUCH UND EURE "SORGEN". Mir fiele ja noch schlimmeres ein, aber um diese Zeit lesen Jugendliche mit. Außerdem hab ich echt keine Lust mich auf euer Niveau zu begeben. Naja, Lust schon, schimpfen kann ich ja wie ein Rohrspatz, das war die harte Schule in meiner Jugend im Süden von Linz. Aber, was bringts? Ihr fühlt euch dann ja nur bestätigt in eurem "Großeeierwahn" die ihr eh nur an der Tastatur habt. Ich denk mir dann immer, was bitte habt ihr für eine Kinderstube mitbekommen? Ist das der normale Umgangston daheim? No, Grüß Gott. Da möcht man ned mal im sterilen Schutzanzug anstreifen.

Ich hab mich echt lange bemüht, die "Sorgen" ernst zu nehmen, zu ergründen woher die kommen. Aber es gibt nix rational Erklärbares. Nichts, Null, Niente, Njet.....garnichts. Worin besteht denn die Sorge wenn ein Künstler ein Lied interpretiert, dass man ihn gleich kreuzigen möcht? Worin besteht denn die Sorge, dass

Menschen die ein wenig mehr als Ihr gelernt haben in ihrem Leben und deswegen vom Bundespräsidenten geehrt werden, dass ihr dann gleich losmeckern müsst? Ist es die Erkenntnis selbst NICHTS aber auch GARNICHTS auf die Reihe gebracht zu haben? Ja dann hebts halt mal euren Arsch aus dem bequemen Wohnzimmersessel und tuts ned ständig anderen für eure Vollpfostigkeit verantwortlich machen!

Ich pfeif auf euch und eure sogenannten Sorgen! Null Benehmen, Null Behirnen aber wenns Gegenwind gibt, gleich lostrenzen, dass eure Meinungsfreiheit beschnitten wird. Brav gelernt, auf den diversen Plattformen der "unabhängigen Medien". Ihr könnt schon sagen was ihr wollt, aber ICH nehme mir dann auch die Freiheit heraus, zu sagen, dass das absoluter Bullshit ist. Und das ist es. Mein Lieblingssatz dieser Tage war ja: "Kann schon sein, dass es Faktum ist, aber deswegen muss es ja nicht stimmen!" Muss man sich auf der Zunge zergehen lassen.

Also, nochmal die Frage: WAS bitte sind eure "berechtigten Sorgen"? Wenn ihr keine wirklich Antwort habt, außer: "Ich bin ja kein XXXXX, aber....", dann seid so lieb und nehmt euch Anleihen an einem der unteren Bilder. Ich hab die Schnauze voll von Euch Tastaturhooligans und Cybertourettisten. Ich werd auch eure "Sorgen" in Zukunft als das benennen was sie sind - die Erkenntnis des eigenen Versagens, die Unfähigkeit was dazuzulernen und das Fehlen jeglichen Benehmens und Anstand. Jegliche weiteren Ausdrücke verbietet mir MEINE gute Kinderstube!

#schiachewörterwarnungende

PS: Ich weiß schon, dass die angesprochene Zielgruppe sich hier nicht zu Wort melden wird und es auch viel zu viele Wörter sind für sie, aber ich musste meinem Ärger dennoch Luft machen!

(Foto: privat)

#verylongcontentwarning

Anlässlich des Regierungseintrittes der FPÖ fühlte ich mich bemüßigt dem nunmehrigen Vizekanzler ein paar persönliche Zeilen zu schreiben!

Mein lieber Heinz Christian!

Jetzt hast den Scherm auf, wie man hier so auf gut mostschädlerisch[9] sagt. Sagt man das in Wien auch so? Weiß ich gar nicht, siehst so schlecht integriert bin ich. Aber egal, ich bin fast blond und hab blaue Augen, ich bin ja absolut ungefährdet. Aber wie gesagt, JETZT hast den Scherm[10] auf. Jahrelang hast du nur den Empörungsbuzzer gedrückt, immer mit der Wut und dem Ärger der Leute gespielt und jetzt auf einmal sollst auf staatstragend machen und Politik so machen, wie es sich halt gehören tät. So mit Meinungen austauschen, Kompromisse finden und all dem Zeugs. Funktioniert halt ned anders, aber das hast du sicher gewusst. Aber das hat halt keine Stimmen und keine Klicks und keine Likes gebracht. Und, wenn du ganz ehrlich bist, im Grunde hast ja selber nie dran geglaubt, dass es wirklich mal so weit sein wird und du so richtig echt Politik

---

[9] Oberösterreicher*innen werden in Restösterreich gerne als „Mostschädel" bezeichnet, weil wir uns hier angeblich zu 90% von der Landessäure ernähren.

[10] Den Scherm aufhaben: sich in einer benachteiligten Situation befinden

machen musst. Ned nur rumpöbeln. Wie denn auch, wie du diese Partei übernommen hast, da war sie ja wirklich am Boden. Ich denke, du verstehst, dass sich mein Mitleid in Grenzen hält. Tjo, dieses andauernde Spiel mit Emotionen und halbseidenen Gschichtln, das rächt sich jetzt bitter. Hätt ich dir vor Jahren schon prophezeien können, aber da hättest ja auch ned auf mich ghört.

Aber, JETZT wie schon erwähnt, musst auf einmal auf straatstragend, auf jovial machen. Und diese deppadn Kompromisse. Und, nu guck da schau, da kommt die Wut, die Empörung, der Ärger schnurstracks zu dir zurück. Ja da kannst schon erstaunt schauen (Bild übrigens von OE24.at - http://www.oe24.at/.../ORF-Redakteur-klagt-jetzt-H-C-S.../793674). Mit dem hast ned gerechnet, gell. Aber, ich hätt halt den Zauberlehrling ein wenig aufmerksamer gelesen. Ich mein, ich halt dich ja ned für blöd, ned sehr zumindest, aber das hättest schon ein wenig bedenken müssen, dass die Leut auf dich angfressn sind, wennnst auf einmal mit einem 12-Stunden Tag daherkommst. Die, die dich gewählt haben, das sind zum großen Teil kleine Handwerker wie ich einer bin. Die haben eh schon massig damit zu tun, das Leben zu meistern. Den Monat rüber zu bringen bevor das Geld aus ist, die Kinder zu organisieren, schauen, dass man sich ein bissl qualitative Zeit mit den Fortpflänzen rausschindet. Und da red ich noch nicht mal von AlleinerzieherInnen. Ich mein, dass dein neuer Kumpel Basti[11] davon nix

---

[11] Kanzler Sebastian Kurz

versteht, das seh ich schon ein. Der hat ja null Lebenserfahrung und ist ausserdem ein egoistischer, karrieregeiler Schnösel. Hast du sogar selber gesagt, sogar im heurigen Jahr noch, dass der über (politische) Leichen geht, nur dass er ins Guiness Buch als jüngster Kanzler aller Zeiten kommt. Der Bub weiß ned was das heißt, eine Familie zu managen. Ich mein, du müsstest als Teilzeitpapi ja zumindest a bissl an Dunst davon haben.

Und weil wir schon beim Dunst sind, geh ich gleich weiter zum blauen Dunst. Du willst Patriot sein? Jetzt hör mir doch auf mit dem Schmäh. Ich mein, ein Patriot, ein echter, der würde doch nie die Volksgesundheit (Rauchverbot) gegen die Volkswirtschaft (CETA) eintauschen, das ist quasi zweimal aufs falsche Pferd gesetzt. Ich bin ja selbst Raucher, weißt, ich verstehs ja auch, dass zum Achterl oder zum Seiterl so a Tschick ganz gut dazupassen würde. Aber ich bin halt auch einer, der an andere denkt. Und warum soll das Personal im Wirtshaus wegen mir einen Lungenkrebs abstauben? Das ist ned fair, oder? Und Fairness hast ja plakatiert. Oiso, is ja ned schwer zu kapieren. Mit dem Basti brauchst ned drüber reden, der raucht ned und der trinkt ned. Wenn mir jetzt noch einer erklärt, dass der auch noch Vegetarier ist und eigentlich Kunstmaler hätt werden wollen, DANN bekomm ich Angst. Na Scherzerl am Rande.

Ja aber zurück zum Thema. Du siehst ja jetzt, das mit dem Politikdings, das ist ned so locker vom Hocker wie du immer gedacht hast. Aber, das muss ich dir zugestehen, DU hast ja, zumindest im Auftreten, die Kurve ein wenig gekratzt. das kostet dich zwar jetzt ein wenig Glaubwürdigkeit bei deinen Wählern, aber immerhin, so a bissl Staatsmann kommt durch. Aber deine Kettenhunde, die haben das noch nicht ganz verstanden. Da denk ich vor allem an diesen einen arbeitslosen Wiener. Der zündelt noch eifrig weiter. Ja, und der eine Junge da in Micklenburg-Nachpröllern. Ich weiß , ich weiß, im Grunde habts nie damit gerechnet mal wirklich Verantwortung übernehmen zu müssen. Da kann man es sich dann schon gemütlich einrichten in der Rolle als Klassenrüpel. Aber jetzt seids halt in dem Dilemma, habts eben diesen Scherm auf, das haben deine Buben in Oberösterreich auch noch ned so wirklich drauf, da glaubt man auch bei jeder Wortspende, dass sich die noch im Wahlkampf wähnen.

Und da wäre dann noch dieses Ding mit der Meinungsfreiheit. Die reklamierst ja immer für deine Leut, wenns wieder irgendeinen grauslichen Schaas ablassen. Jo eh, dürfens eh, aber ich darf dann auch sagen, dass das ein grauslicher Schaas is. So funktioniert dieses Ding. Des geht ned wie bei der Pippi Langstrumpf. Aber uns jetzt nach der Reihe FB Seiten abschiessen, die sich a bissl kritischer mit dir und den deinen auseinandersetzen. Des is ned fein. Vor allem weil du ja sogar Beiträge von einer dieser Seiten vor Jahren mal geteilt hast, da hab ich mir fast gedacht, Jössas, schau, der hat ja sogar a bissl Humor. So kann man sich täuschen. Was mich halt ein wenig irritiert, ihr seids ja noch ned mal angelobt und habts schon Allmachtsgelüste. Das kann ganz schnell ein Bumerang werden, schau nur was los war beim 12-Stundentag. Ich sags dir im Guten. Aber egal, FB is eh ned des Leben, von daher. Aber eins sag ich dir schon und da nehm ich ein Zitat aus "Independence day". Eh a Schaasfilm, so von der Handlung her, aber die Special Effects san hoid Wöd. Und ab und zu braucht man ja auch was zum Hirn auslüften. Aber, wie gesagt, ein Zitat aus diesem Film. "Wir werden nicht schweigend in der Nacht untergehen. Wir werden nicht ohne zu kämpfen vergehen. Wir werden überleben. Wir werden weiterleben!" Wennst keine Kritk verträgst, dann hättest halt ned Politiker werden dürfen, sondern Zahntechniker bleiben. Oder, wie der Ausländer sagt:"If you can´t stand the heat, get out of the kitchen!"

So, jetzt hab ich deine Aufmerksamkeit lang genug in Anspruch genommen. Oiso, a bissl braver werden und deine Buben ein wenig an die Leine nehmen, dann wirds vielleicht sogar was mitm Staatsmann.

Grüße

Manfred

PS: Verzeih das amikale "Du", aber ich hab mir gedacht auf der Ebene kommts vielleicht ein wenig verständlicher rüber! 😊;)

(Foto: OE24.at)

#longcontentwarning

Ich werde ja heuer fünfzig. "Das ist ja kein Alter", sagt man sich. Denk ich mir auch. Ich mein, ich hab noch alle lebensnotwendigen Körperteile, nur das überflüssige wurde rausgeschnippselt und die übrigen funktionieren innerhalb akzeptabler Parameter. Meistens zumindest.

Fünfzig kann aber dennoch eine Zäsur sein. Nicht für mich, da danke ich der höheren Entität, die mich durch glückliche Fügung an die JKU[12] gebracht hat. Fünfzig kann eine schlimme Zäsur sein, für Menschen die nicht so viel Glück hatten wie ich. Auch wenn fünfzig ja "kein Alter" ist. Körperlich, geistig vielleicht nicht, aber sag das mal diesem Menetekel namens "Arbeitsmarkt". Lukas Resetarits hat es mal in einem seiner Programme sehr zynisch, treffend gesagt: "Was soll ich feiern mit fünfzig? Dass ich schwer vermittelbar bin?"

Menschen in meinem Alter, die aus welchen Gründen auch immer, keine Erwerbsarbeit haben, die tun sich schwer wieder eine zu finden. Das ist seit Jahren bekannt. Deswegen wurden ja auch vom letzten Parlament diverse Maßnahmen beschlossen um Menschen in dieser Altersgruppe ein Zurückfinden ins Erwerbsleben leichter zu machen. Ich hab ja dann gestern fast auf den Kalender schauen müssen, ob nicht doch schon der erste April wäre, weil ich das für einen

---

[12] Johannes Kepler Universität Linz

schlechten Scherz gehalten hab, dass unter anderem die Aktion 20.000 eingestellt wird. Nö, Datum war der 01.01 und Scherz war es auch keiner. Irgendwie das Tüpfelchen auf dem i war ja, dass das ein "Umlaufbeschluss" war. Ich kenn ja sowas aus der Betriebsratsarbeit. Wenn etwas SO dermaßen dringend ist, dass man keine Sitzung einberufen kann, dann versucht man eine rasche Entscheidung mittels Umlauf (Mail, Telefon, Brieftaube, Rauchzeichen, whatever...) herbei zu führen. Was war bitte am ersten Jänner SO dringend an dieser Entscheidung, dass sie im Umlauf getroffen werden musste? Naja, das werden wir hier und jetzt nicht ergründen...

Faktum ist, dass es anscheinend kein gesteigertes Interesse dieser Regierung gibt, Arbeitsplätze zu schaffen, sondern im Gegenteil, Menschen die keine Arbeit haben weiter zu stigmatisieren, sekkieren und in die Armutsfalle zu jagen. Durch das angedachte Modell der Notstandsunterstützung/ Mindestsicherung "neu" wird Menschen, die vielleicht ein Lebtag gearbeitet haben, am Ende dieses Lebens dann mal ALLES, aber auch wirklich ALLES genommen! Nicht, dass mich das jetzt überrascht hätte, ich hab solcherlei befürchtet, allerdings nicht so schnell, nicht so überfallsartig. Aktionen um schwer vermittelbaren Gruppen Arbeit zu ermöglichen werden gestrichen, gleichzeitig werden die Zumutbarkeitsbestimmungen verschärft. Bei einem Verhältnis von 6 Arbeitssuchenden zu 1 offener Stelle sicher ein adäqutes Mittel um die Arbeitslosigkeit zu senken #sarcasmoff. Und auch über 50jährigen es zu erschweren Arbeit zu finden, steht ein klein wenig im

Gegensatz zu dem Ziel die Lebensarbeitszeit, den Pensionseintritt in Richtung 65 oder drüber zu erreichen. Übrigens die Personengruppe die möchte, dass wir bis 70 arbeiten ist ident mit jener die uns mit 50 rausschmeißt!

Vom spätpubertierenden Kanzlerdarsteller habe ich mir nix anderes erwartet. Hab ich ihn schon mal einen unerfahrenen, karrieregeilen Schnösel genannt? Ich glaub schon. Die Rechtsausleger hingegen, die arbeiten gegen ihre WählerInnenschaft, die machen das genaue Gegenteil von dem, was sie den Leuten im Bierzelt ums Maul geschmiert haben. Ich hoffe, dass ihnen das sehr rasch auf den Kopf fällt. Und auch, dass die linken und progressiven Kräfte die Chance nutzen , diese Menschen wieder ins Boot zu holen!

"Fünfzig ist doch kein Alter!"....oder doch?

(Bild mit freundlicher Genehmigung von meta bene https://www.metabene.de/)

#longcontentwarning

Anlass für dieses Posting war die Aussage des damaligen Innenministers Herbert Kickl, Asylsuchende an bestimmten Orten „konzentrieren" zu wollen!

Unseren täglichen Auszucker gib uns heute...

Meine Timeline ist heute sehr "konzentriert" muss ich sagen. Ich verstehe es, ich bin auch irgendwo zwischen Kopftischen und Fluchtgedanken, hab mich als Twitterant ebenso an der Empörung beteiligt. Weil, die Wut, die Empörung, die Fassungslosigkeit muss raus, sonst erstickt man dran.

Man kann auch schon den Countdown starten, wann denn die Erklärungen kommen, die Ausflüchte und die Relativierungen. Die Livia Klingl[13] hats heute schon ganz nett gepostet, konzentrieren ist doch ein ganz neutrales Wort, wie Kornblume, wie Achtundachtzig. Ja, stimmt, das sind im Grunde unverfängliche Worte, der Kontext ist es immer, in dem sie verwendet werden. Die blödesten Meldungen kommen dann ja immer von den Realtivierern..."Da Hitla hod jo a Grüss Gott gsagt, darf man das dann auch nimmer sagen?"..."Muss ich mein Handy dann wegschmeissen, wenn der Ladestand 88% beträgt?" Oder mein liebstes Ausflüchterl: "Das ist ihm

---

[13] Österreichische Journalistin und Buchautorin

halt so rausgerutscht", öhm, tjo, rausrutschen kann nur was drinnen steckt, oder?

Und eines muss ich schon anmerken, dem Herrn Minister des Inneren, dem rutscht nix versehentlich raus, der ist ein absoluter Medienprofi, der weiß schon welche Knopferl er drücken muss, damit wir alle gemeinsam im Kreis hüpfen. Und dem muss man auch nicht erklären, dass er Geschichte studieren soll, liebe NEOS, der hat das nämlich schon gemacht, gut er hat in der historischen Analyse versagt, aber die Fakten, die hat er drauf und drin. Deswegen könnens ja auch rausrutschen, beabsichtigterweise nämlich.

DER STANDARD[14] hatte im 2000er Jahr mal eine LeserInnenumfrage gemacht, ob denn die neue Regierung die Erwartungen der Menschen erfülle. Ich hab diese Frage damals nur mit "Ja" beantworten können, weil - ich hab das schlimmste befürchtet und es ist eingetreten. Die Frage war ein bissl patschert gestellt und die Menschen in den Presseabteilungen von Schwarzblau Eins haben das natürlich dann umgedeutet in eine breite Zustimmung zu ihrem Programm.

Würde diese Frage heute gestellt werden, ich müsste sie wieder mit "Ja" beantworten. Was erwartet man denn, wenn Rechtsextreme an die Macht kommen? Gut, ich gebe zu, ich hab nicht damit gerechnet, dass sie SO schnell zur Sache kommen, nur die Burschis sind

---

[14] Der Standard: österreichische Tageszeitung

derzeit in einem Machtrausch, dass einem ganz blümerant werden könnt. Und es wird noch mehr kommen, ganz so wie es der Ressortleiter Internationale Politik des obersten Krawallblattls twittert. Wobei - ich bin mir nimmer so sicher ob die Krone diesen Titel noch verdient, die Fellnersche Postille sägt da ganz heftig am Ton. Aber wie gesagt, es wird noch mehr kommen, noch viel mehr Ekelhaftes noch viel mehr das an Zeiten erinnert, die wir überwunden glaubten.

Was tun wir dann? Weil, die Empörung darüber, die ist notwendig, nicht nur wegen der Seelenhygiene, nicht nur weil der Dampf raus muss, die Empörung darüber ist gerecht, wichtig und notwendig, auch in der öffentlichen und veröffentlichten Meinung.

Und dennoch gebe ich zwei Dinge zu bedenken: Erstens: die Burschis geilen sich ja geradzu auf daran, dass wir uns empören, denen geht ja (metaphorisch natürlich nur) einer ab dabei. Sie haben Jahrzehnte nichts anderes gemacht als Schenkelklopferpolitik, die brauchen diesen Empörungsbuzzer wie ein Stück Brot, das wir ihnen bereitwillig hinschmeißen. Das ist mir irgendwie zwider, dass ausgerechnet ICH für die (verbal)sexuelle Ausgeglichenheit der Burschis sorge... Zweitens: Empörung kostet auch Energie, VIEL Energie! Und Zeit. Zum Beispiel die Zeit die ich hier jetzt verwende um diese Zeilen zu schreiben. Sollten wir mit dieser Energie nicht ein wenig haushalten? Wir werden sie noch brauchen, wir werden noch einen laaaaaaaaaaaaaaangen Atem brauchen mit diesem Burschihaufen.

Und wenn ihr jetzt auf eine Antwort wartet - dann muss ich euch enttäuschen. Ich hab nämlich auch keine, außer, dass wir uns den Mund fusselig reden müssen mit den Menschen, dass wir in die Wirtshäuser gehen müssen, dass wir dorthin müssen wo die Zielgruppe der Schenkelklopfer ist und dort reden, reden und nochmals reden. Raus aus unseren Blasen, auch wenns schön gemütlich ist hier und wir uns gegenseitig recht geben können. Jo eh schön, aber bringt halt leider ned viel. Aber recht viel mehr fällt mir im Moment auch nicht ein in meiner Sprachlosigkeit, in meiner ratlosen Sprachlosigkeit...

(Foto: www.pixabay.com)

Ausbildung:

- Volksschule Radenthein 1975 – 1979
- Neusprachliches Gymnasium Spittal an der Drau 1979 – 1987
- Präsenzdienst (Gebirgsjäger) 1987 – 1988
- Studium der Publizistik und Politikwissenschaft sowie der Philosophie und Geschichte an der Universität Wien (ohne Abschluss) 1988 – 1996

(Screenshot: parlament.gv.at)

Es ist wieder so weit....gebt es zu, ihr habt sie schon vermisst - die #longcontentwarning

Ehrlich gesagt, ich würde viel lieber davon schreiben, dass die Arbeitslosigkeit zurückgeht. Ich würde viel lieber davon schreiben, dass es aufgrund einer grünen Initiative und einem Antrag (u.a.) von Sigi Maurer ein wenig zusätzliches Geld für die Universitäten gibt.

Ich würde auch viel lieber von vielen anderen Dingen schreiben. Zum Beispiel, dass das Parlament sich endlich aufrafft und für unselbständig Erwerbstätige Rahmenbedingungen schafft um die Metamorphose zur "Industrie 4.0" über die Runden zu bringen. Ich würde viel lieber davon schreiben, dass sich das Parlament endlich dazu durchringt, eine Konzernbesteuerung in die Welt zu setzen, die auch den tatsächlichen Gegebenheiten und Verhältnissen entspricht.
Ich würde viel lieber davon schreiben, dass das Parlament leistungslose Einkommen ebenso progressiv und in der selben Höhe besteuert wie Löhne und Gehälter.
Ich würde viel lieber davon schreiben, dass aufgrund dieser fiskalischen Maßnahmen, endlich der Gratiskindergarten österreichweit durchgesetzt werden kann.

Ich würde viel lieber darüber schreiben, dass nun auch eine sehr gute Finanzierung der Universitäten kein Thema mehr ist und die Betreuungsverhältnisse in den Studien ein vertretbares wird.

Ich würde viel lieber darüber schreiben, dass endlich ein modulares Unterrichtssystem in den Unterstufen und NMS mit einer optionalen Ganztagsbetreuung ohne zusätzliche Kosten für die Eltern ermöglicht wird. Ich würde viel lieber davon schreiben, dass sich die Mietpreise endlich wieder ein wenig einkriegen und die Wohnungen wieder leistbarer werden. Und und und...

Ich würde so viel lieber von so vielen anderen Dingen schreiben. Einige sind real - wie die ersten beiden Punkte - andere Wunschdenken in Richtung einer gerechten Gesellschaft, in der es keine Rolle spielen sollte, woher man kommt, wie man aussieht, wen man liebt und welchen sozialen Status die Eltern haben.

Aber leider muss ich mich seit dem Antritt dieser Regierung tagtäglich über irgendwelchen rechtsextremen Dreck ärgern, muss ich mich tagtäglich damit auseinandersetzen, dass ganz offen Rechtsextreme an den Schalthebeln dieser Republik sitzen.

Tagtäglich haben wir es mit neuen "Ein-Zell-Fällen" zu tun. Aber, die waren erwartbar, das muss ich leider auch sagen.

Heimat ohne Hass[15] hat nun seit über fünf Jahren immer wieder, anhand belegbarer Fakten, darüber informiert wessen Geistes Kind so manche der FunktionärInnen, auch an der Spitze der FPÖ, sind. Ich erinnere nur an die Ansprache von Gudenus - die mit dem Knüppel aus dem Sack - beim Rathausfest vor einigen Jahren. Alles was HoH in diesen Jahren publiziert hat, war bis ins letzte Detail belegbar, was auch mit ein Grund war, warum die sonst so klagefreudige FPÖ hier plötzlich ganz still war. Bis auf eine Klage wegen einer Urheberrechtsverletzung haben sie sich gerichtlich nie mit uns auseinandergesetzt. Warum wohl... Weil HoH so klein und unbedeutend ist? Wohl eher nicht, zahlreiche Presseartikel (News, Profil, Falter, Kurier) und auch einige TV Berichte (ORF, Puls4, Servus TV) zeugen vom Gegenteil. Aber auch andere Projekte, wie etwa www.stopptdierechten.at , FPÖ Fails, Bumstibusters und viele andere setzen sich intensiv mit dem Neonazismus in der österreichischen Politik auseinander, in verschiedenster Art und Weise, seis faktenbasierend, seis satirisch.

Als wir vor fünf Jahren begonnen haben, das Projekt HoH auf die Beine zu stellen, haben wir gehofft, dass wir irgendwann nicht mehr nötig sein werden. In einem gewissen Sinne sind wir das auch heute nicht mehr,

---

[15] www.heimatohnehass.com

aber nicht weil sich der Rechtsextremismus in der Lade der "gelösten Probleme" befände, sondern weil inzwischen ganz öffentlich gepostet wird, was man vor fünf Jahren noch hinter virtuell vorgehaltener Hand gesagt hat. Heute ist investigatives Vorgehen, wie wir es anfangs praktizierten nimmer notwendig, heute kann das jeder und jede lesen - wenn man denn möchte.

Jede und Jeder der es wissen wollte, welchen nationalistischen Ungeist man sich da in hohe Ämter holen würde, hätte es sehen können, hätte es wissen können. Einer jedoch, der hätte es wissen MÜSSEN! Der hat aber, in all seinen Kanzlerträumen, drauf geschi**en, salopp gesagt. Und DER ist meiner Meinung nach auch dafür verantwortlich, dass wir uns nun Tag für Tag mit dem rechten Dreck - nicht mehr aus dem Keller, sondern aus dem republikanischen Penthouse - auseinandersetzen müssen und nicht mit den Themen, die für die Zukunft der Republik so wichtig wären.

(Foto:privat)

(Screenshot: Facebook)

Sie beschimpfen Juden. Sie verherrlichen Hitler. Sie drohen, Moslems mit Benzin zu übergießen und anzuzünden. Undercover im braunen Netz: Unsere Aufdecker Kurt Kuch und Stefan Melichar bekamen Zugang zur geheimen Facebook-Gruppe "Wir stehen zur FPÖ". Rassisten lassen dort ihren kranken Gedanken freien Lauf. Unter den Mitgliedern sind höchste FPÖ-Politiker. Fünf Wochen vor der Nationalratswahl empört unsere Titelgeschichte das Land.

(Screenshot: News)

#longcontentwarning

Zum NichtraucherInnenschutz ist nun eh schon viel gesagt und geschrieben worden. Und ich muss zugeben, ich bin da auch sehr ambivalent, kann die Argumente der Rauchbefürworter nachvollziehen und dem einen oder anderen auch zustimmen. Ich gebe es auch unumwunden zu, so des Nächtens, nach dem dritten Seiterl, da wäre es mir persönlich auch manchmal lieber NICHT hinausgehen zu müssen um den Nikotinpegel wieder aus dem roten Bereich zu holen. Aber am Ende der Überlegungen muss dann für mich als (Mit)Mensch, als Vater, als Betriebsrat, als Gewerkschafter immer der Schutz der NichtraucherInnen im Vordergrund stehen.

Aber, was ich noch zu all dem Gesagten noch dazusenfen will, weil es mir gestern bei einigen Wortmeldungen im Hohen Haus aufgefallen ist. Eines der immer wieder angeführten Argumente FÜR das Poffeln im Wirtshaus war, dass das Personal dort ja eh freiwillig arbeiten würde. Ich mag da jetzt keinen Zynismus dahinter vermuten, keine Bösartigkeit der MandatarInnen die dieses gebetsmühlenartig verbreiten. Ich hoffe ich liege da richtig mit dieser Vermutung, weil nämlich, das ist mir schon desöfteren aufgefallen, wenn ich mich mit Menschen unterhalten habe, denen es ein wenig besser gegangen ist im Leben: diesen Leuten fehlt schlicht und einfach das Einfühlungsvermögen, die Vorstellungskraft sich in andere Lebensrealitäten als die ihre hineinzudenken, hineinzufühlen. Bei Hinz und Kunz kann mir das ja egal sein, aber bei gewählten MandatarInnen setze ich dieses Hineindenken in andere Lebensrealitäten als der eigenen voraus, das erwarte ich mir.

Die Aussage, die Menschen würden ja freiwillig in der Gastronomie arbeiten und es wäre ihnen zuzumuten sich dem Rauch auszusetzen, zeigt aber leider das genaue Gegenteil dieser meiner Grundvoraussetzung. Ich wäre gerne dabei, wenn ein Kellner, eine Kellnerin dem Chef sagt, dass er oder sie jetzt im RaucherInnenbereich nicht mehr bedient. Ich glaub nicht, dass dann vor der Tür schon der nächste Wirt oder Hotelier steht und sofort wieder ein Dienstverhältnis aufdrängt. Man braucht sich ja nur die wenige Arbeit machen und Arbeitslosenstatistik und offene Stellen vergleichen. Daher hoffe ich, dass diese Aussage aus Unkenntnis und/oder mangelndes Einfühlungsvermögen gemacht wurde und nicht aus purem Zynismus...

Und noch was zum Schluss: In fast jeder Branche sind Massnahmen zum Schutze der Gesundheit der Kolleginnen und Kollegen unumstritten. Bei MetallarbeiterInnen sind Stahlkappenschuhe, Schutzbrillen und dergleichen keine Frage. Der Helm auf der Baustelle unumstritten. Schutzmasken für LackiererInnen eine Selbstverständlichkeit.

Warum soll der ArbeitnehmerInnenschutz nun im Gastgewerbe nicht diese Gewichtung haben?

(Foto: www.pixabay.com)

#longcontentwarning

Schräg irgendwie....wenn man denn ein wenig intensiver drüber nachdenkt. Ungefähr ein Viertel der ÖsterreicherInnen (inklusive meiner Person) frönen dem Glimmstängel. Damit sind wir in Europa im Spitzenfeld. Dass Rauchen der Gesundheit ned förderlich ist, das wissma auch alle. Und weil da manche so ein wenig krampfhaft lustig sind: Jo eh, dass Schweinsbraten der Gesundheit ned förderlich ist, das wissma auch alle. Aber ich kenn wenige, eigentlich sogar niemanden, der sich das jeden Tag reinschiebt. Und Passivschweinsbraten ist dann doch eher ungefährlich für die PassivkonsumentInnen. Mit den oft zitierten Süßwaren im Überfluss verhält es sich ähnlich (Mignonschnitterl ick hör dir trapsen). Ja und eh, mitm Allollol isses dasselbe, ich hab noch nie davon gehört, dass jemand Leberzirrhose bekommt, weil er am Bier vom Nachbarn geschnuppert hat. Was anderes sind aber leider die indirekten Folgen, wenn dann einer glaubt, nach 5 Bier dass er unbedingt noch autofahren muss. Aber, wie gesagt, PassivbiertrinkerInnen haben keine schwerwiegenden gesundhetlichen Schäden zu befürchten.

Oisdann....Rauchen gefährdet nicht nur die KonsumentInnen selbst, sondern auch alle anderen die sich im "Dunstkreis" befinden. Deswegen geht einE verantwortungsvolleR RaucherIn nämlich VOR die Tür, auf den Balkon, woauchimmerhin wenn ein Brandopfer dargebracht werden soll (Dank an dieser Stelle an den Rosendorferschen Chinesen)[16].

Den deppadn Schmäh mit der "Freiwilligkeit der im Gastgewerbe arbeitenden" hab ich eh andernorts schon zerpflückt, das muss ich da nimmer wiederholen hoff ich. Den zweiten deppadn Schmäh mit den sterbenden Wirten, oiso ned die Wirtn selbst, sondern deren Häuser, den kann man sich auch getrost einpapierln. Weil nämlich, eh schon gehört: die meisten Beschwerden kommen von internationalen Gästen, WEIL noch geraucht werden darf und zum Zweiten, wenns ausgraucht hat, dann kommen vielleicht auch andere Leut - Familien mit Kindern zum Beispiel - wieder öfters zum Wirtn...

[Sarcasm/on]
Was macht nun ein verantwortungsvoller Politiker, Vielleichtmaljurist, Kanzlervonwolfisgnaden?[17] Genau - er friert die Tabaksteuer ein. Weil er ja versprochen hat, kleine und kleinste Einkommen zu entlasten und weil man ja eh weiß, dass die meisten RaucherInnen eben aus diesen Gehaltsklassen kommen und ein prozentuell ungleich höherer Betrag hier in den tabakkonsumabhängigen Steuerstaatssäckel fließt. Zwei Fliegen mit einer Klappe: unter Einkommen entlastet, RaucherInnen sterben früher, damit wird

---

[16] Hier wird Bezug genommen auf das Buch „Briefe in die chinesische Vergangenheit" von Herbert Rosendorfer
[17] Wieder einmal ist die Rede von Sebastian Kurz

dadurch auch die Pensionskasse entlastet. Und der Koalitionsvize ist auch zufrieden, weil er sein zentralstes Wahlversprechen eingehalten hat: freier Rauch für freie Leut!
[Sarcasm/off]

Sorry, aber gerade bei dieser Thematik bleibt mir angesichts der Verantwortungslosigkeit und fehlenden Weitsicht der Regierenden nur mehr der Weg zu beißendem Spott.

Ja, und nochmal langsam zum Mitschreiben: es wird NIEMANDEM das Rauchen verboten. JedeR darf weiterpoffeln, bis ihm/ihr der Qualm aus den Ohren kommt. Aber halt ned ÜBERALL!!!!

Und weil ICH - im Gegensatz zu so manchen MinisterInnen und Kanzlern - halt manchmal schon ein wenig verantwortungsbewusst auch bin, hab das #dontsmoke Volksbegehren unterschrieben. Wohlgemerkt, als Raucher unterschrieben! Und ich hoffe, dass es mir noch viele viele RaucherInnen gleichtun!

(Foto: www.pixabay.com)

#longcontentwarning #ohnenetzunddoppeltenboden

Jetzt bin ich den ganzen Tag schon am Überlegen, was ich denn kluges zu diesem 12. März schreiben könnte. Etwas, das noch nicht gesagt, das noch nicht geschrieben, das noch nicht gepostet worden ist. Aber es will mir einfach nix aus den Fingern fließen. Ich hab grad den Fortpflanz ins Fussballtraining gebracht, mit Bus und Bim. Die fahren regelmäßig und pünktlich, sind sauber und gepflegt. Jetzt sitz ich in der Sportkantine bei einem gemütlichen Seiterl.[18] Alles in allem ein friedvoller Abend. Ohne, dass ich vor irgendwas Angst haben müsste. Ich trau mich sogar im Dunkeln, ganz allein, durch die Stadt. Und doch gibt es da welche, die uns einreden wollen, dass wir knapp vor einem Bürgerkrieg stehen. Dass alles ganz furchtbar und ganz und gar zum Fürchten ist, hier in einem der friedlichsten und sichersten Länder der Welt. Und dann denke ich an Afrin, wo gerade 850.000 (!!!!) Menschen einem ganz und gar ungewissem Schicksal entgegensehen. Und eine schweigende Welt! Und an jene, die da noch massiv Kohle scheffeln, indem sie Waffen an die Aggressoren verkaufen. Dann denke ich an den Jemen, wo Millionen Menschen tagtäglich reale Ängste um ihr Leben ausstehen müssen. Und eine Welt die schweigt. Und an jene, die da noch massiv Kohle scheffeln, indem sie Waffen an die Aggressoren verkaufen.

---

[18] Seiterl: kleines Bier

Diese Liste könnte ich jetzt noch endlos weiterführen...und das macht mich betroffen und traurig und ich fühle mich machtlos. Aber auch wütend auf jene, die uns erklären wollen, WIR würden in unglaublicher Gefahr leben.

Aber, das sind nun mal die Taktiken dieser Leute. Sie leben von unserer Angst, sie leben von unserer Empörung. Und manchmal, ja manchmal, da tappe ich auch in diese Empörungsfalle. Dabei möchte ich doch positive Stimmung verbreiten, möchte ich doch, dass wir uns dessen bewusst sind, in einem der wohlhabendsten und sichersten Länder der Welt zu leben. Mein Fortpflanz spielt irgendwo da draußen gerade Fussball und ich muss KEINE Angst haben, dass ihm was passiert. Außer es steigt ihm jemand auf die Zehen oder stellt ihm ein Bein. Ich werde morgen wieder in die Arbeit fahren und ich muss KEINE Angst haben, dass ich dort nicht mehr ankomme, weil irgendein Hanswurst glaubt die Bim sprengen zu müssen. Seien wir uns dieser Gnade, dieses Glückes jeden Tag aufs Neue bewusst. Nur dann haben wir auch die Kraft und die Energie unsere Demokratie gegen die zu verteidigen, die uns einreden wollen, dass spätestens übermorgen die Hölle über uns hereinbricht. Genießen wir das Leben, denn nur dann haben wir auch die Kraft und die Energie und die Lebensfreude die es braucht um den Menschen zu zeigen, dass es uns gut geht, dass es ein Glück ist hier zu leben und können sie wieder für progressivere Ideen begeistern.

Passen wir auf uns auf, passen wir auf unsere Demokratie auf. Und bedenken wir immer: bunt ist das Dasein und granatenstark!

Seid doch dankbar, ihr unwürdiges, unwissendes Gesindel! Unser kleiner Minister des Inneren[19], der hinter vorgehaltener Hand "unser Millimetternich der Zweite" genannt, tut dies alles nur zu unser aller Besten. Nur sind wir halt in unserer unwissenden Proletigkeit nicht in der Lage, die Größe seines Tuns - das im ganz im Gegensatz zu seiner Körpergröße ist, dies nur am Rande angemerkt - zu erfassen. Fühlt ihr euch denn nicht um Häuser sicherer, seit der Tlane Berti das Bevölkerungsschutzministerium in seine Obhut genommen hat?

Verstehet doch, unwürdiges Gewürm, dass er sich da nur mit Menschen umgeben kann, mit denen er auf Augenhöhe kommunizieren kann, dass DIE dabei knien müssen, ist ja nur ein total und absolut unerwünschter und unerwarteter Nebeneffekt.

Falls es nun manchen LeserInnen bösartig vorkommt, was ich obigerweise getippselt hab - das ist durchaus erwünscht und beabsichtigt. Manchmal kann ich leider nur mehr mit beißendem Spott reagieren. Präpotent kann ich auch, wenn ich will, sogar besser als die

---

[19] Herbert Kickl, damaliger Innenminister Österreichs

Mannermagmichnichtmarlene.[20] Mit dem Unterschied - ICH kann auch sachlich, wenn ich denn will.

Falls es nun dem geneigten Publikum zuwider ist, dass ich die Körpergröße des Schrumpfgermanen zum Ziel meines Spottes mache. Dies geschieht zu meiner eigenen Klagssicherheit. Würde ich dies auf die mentalen und kognitiven Kräfte unseres Herrn MINIsters des Inneren beziehen, dürfte ein Gang zum Kadi unausweichlich sein. Aber das tut man auch nicht, einen Menschen einfach so "geistiges Gartenzwergerl" nennen. Täte ich auch nie......NIE IM LEBEN!

Aber, da der Beschützer unseres Staates, der Hüter von Witwen und Waisen, der große Bruder aller Werktätigen usw usf ja schon ein wenig dünnhäutig auch zu sein scheint, erwarte ich frohen Mutes auch Besuch von seinen Lakaien, so wie der Rapidanhänger, der seinen Unmut im Stadion mittels selbstgebastelten Banners kundtat. Und ich hoffe all meine MitleserInnen tun es mir gleich und verfassen auch ein millimetternichsches Spottlied, dann haben die Jungs was zu tun auch.

Im Übrigen erinnert mich die Posse um das BVT an die vielgeliebte Serie in den MAD-Magazinen.

---

[20] Marlene Svazek, FPÖ Chefin Salzburg die ihr Wahlkampfsujet an die Firma Manner angelehnt hatte, das ihr dann aber untersagt wurde.

#longcontentwarning

Internationaler Tag gegen Rassismus. Ja, der ist heute. Und wie so oft, an solchen Tagen, fühlen sich diverse Herr- und auch so manche Frauschaft, dazu bemüßigt, salbungsvolle Worte über das geneigte Publikum zu ergießen, welches dann auch pflichtschuldigst, händeklatschenderweise, dem oder der salbungsvoll Flötenden, Beifall spendet. Der oder die Schalmeiende wiederum fühlt sich dann in seinem/ihrem Tun, welches sich leider zu oft auf die dem Tag geschuldete Wortspende beschränkt, in angenehmster Weise bestätigt.

Und dann, in der Mitte der Nacht, da bricht ein neuer Tag an, ein neuer internationaler Tag, meinetwegen der Internationale Tag der LinkshänderInnengitarre. Oder auch der Tag des verschlafenen Murmeltiers. (Wer nun "I got you, babe" im Ohr hat, dem sei geraten sich einen gewissen Film NICHT mehr anzusehen) Oder wasauchimmerwelcher Tag. Und der - oder die, aber meist sind es Männer - salbungsvoll Huldigende, schalmeiend Flötende, nimmt sich nun der linkshändig Gitarrespielenden an, oder auch der mumelnd Verschlafenden. Und hat schon wieder vergessen, wem oder was er denn da gestern so himmelhochjubelnd, wortreich betüdelt hat.

Sehr oft sind diese schalmeienden, flötenden, säuselnden Menschen, hohe oder höchste

WürdenträgerInnen der Republik. In gewiss nicht unverantwortlicher Position. Oft auch in Sphären, in denen man tatsächlich etwas Gutes bewirken könnte, wenn man denn wollte, wenn man denn die schalmeienden, die flötenden, die säuselnden Worte vom Vortag ernst genommen hätte, wenn die nicht irgendein Amtsstubentiger dienstbeflissen in die Tastatur des Computers hineingedroschen hätte unter Heranziehung sämtlicher hohler Phrasen, die sich da vermutlich im Ministeriumsalmanach finden ließen.

Dabei könnten sie ja, wenn sie denn nur wollten. Sie könnten ja einfach damit beginnen, keinen Unterschied zwischen den Menschen zu machen, außer der äußerst effektiven und von mir sehr gesundheitsfördernd und die seelische Hygiene stützend angewandten Methode, in Arschlöcher und Nichtarschlöcher. Ganz einfach. Im persönlichen Umgang, da entscheidet bloß das Verhalten des Einen zum Anderen. Hautfarbe? Egal. Pass? Egal? Religion? Egal. Schwul? Lesbisch? Zölibatär? EGAL!!!! Arsch oder nicht Arsch, das ist die einzige Frage, die ICH mir stelle. Und diese Frage, die stelle ich individuell.

Gut, ein gesetzgebender Einer, der kann das nicht SO plakativ machen. Welchen juristischen Erklärungswert hätte denn das Wörtchen "Arsch". Eben, richtig, keinen. Niente, Nix, Nothing. Aber, er, der gesetzgebende Eine, der könnte ja, sagen wir mal, keinen Unterschied machen welchen Pass man besitzt. Das wäre ja schon mal ein Anfang.

Leider Gottes (oder jeglicher andere Entität) sind diese Gesetzgebenden meist auch solche, die vom Volke dazu auserkoren wurden. Eigentlich ned deppad, oder? Aber, um dem "leider Gottes" einen Sinn zu geben, der will ja auch wiedergewählt werden. Und dazu muss er Meinung machen, Stimmung machen, sich beliebt machen. Blöderweise sind dann so Sprüche wie "Ich hab euch alle miteinander vollvieldolllieb" einer Wiederwahl eher hinderlich. Warum auch immer. Deswegen braucht der, noch am heutigen Tage säuselnd, flötend, schalmeiend, wortspendende Verantwortungsträger, deswegen braucht er morgen, wenn der Tag der anstehenden Wiederwahl wieder um 24 Stunden näher gerückt ist, wieder jemanden auf den er zeigen kann. Wie ungerecht denn dieser nicht bevorzugt würde, nur weil er einer sei, der keiner von den "Unsrigen" ist. Wobei ja dieses "Unsrige" immer sehr situationselastisch anwendbar ist. Das sorgt für Schenkelklopfer, das sorgt für Empörung, das sorgt für Stimmung und im Besten aller Fälle auch für Stimmen.

Tage wie dieser sollen uns dran erinnern, dass wir innen drinnen im Grunde alle gleich sind. Und ich glaube auch, dass so Tage wie dieser irgendwie die Hoffnung haben, dass diese Erinnerung daran dann weitere 364 Tage anhält. Bis er denn wiederkehrt, der Internationale Tag gegen Rassismus. Hören wir an Tagen wie diesem, nicht auf die Säusler, nicht auf die Flöter, nicht auf die Schalmeienden. Hören wir tief in uns selbst hinein, hinterfragen wir unsere eigenen Vorurteile (und OOOOHHHHJAAAAA, die hat JEDER von uns) und versuchen wir einfach den Rest des Jahres nur in Arsch oder Nicht-Arsch zu unterscheiden.

PS: Irgendwie würde da jetzt AMEN am Schluss passen, ich glaub an mir ist ein Prediger verloren gegangen!

(Bild mit freundlicher Genehmigung von http://www.vfl-wiki.de/index.php/Schule_ohne_Rassismus)

#longcontentwarning #pawlowwasright

Man könnte ja fast sagen, Experiment geglückt. Mehr als geglückt. Ich bin mir sicher, dass George Lakoff und Elisabeth Wehling ihre helle Freude daran gehabt hätten. Und der Herr Pawlow hätte es sich erspart, Hunden den Mund wässrig zu machen.

So lange genug herumgeschwafelt, worum gehts eigentlich? Um antrainierte Reaktionen, um diese "pawlowschen Reflexe". Ich hab nämlich erst kürzlich das Büchlein am Foto gelesen und war an manchen Stellen ein wenig geneigt zu sagen:"A sooo a Bleedsinn". Aber hab dann begonnen, mich selbst zu beobachten. Wie reagiere ich auf manche Reizworte, Reizbilder. Was ist der erste Gedanke bei eben jenen. Ich hab dann eben auch bei mir diese Reflexe bemerkt, vor allem bei diesem einen Plakat von Astrid Rössler. Mein erster Gedanke war, wie bei vielen eben auch:"JBSTDDPPD!!!!"[21]

Nach dieser kurzen Schockphase, bei den zweiten und dritten Gedanken (man lese nach bei Terry Pratchett - die Tiffany Weh Romane), da kam dann die Erkenntnis, dass ich und viele andere auch, diese Reflexe auch nicht verhindern können und zum Zweiten, dass man sich

---

[21] Netzjargon für „ja bist du deppad!" als Ausdruck des Erstaunens

dann schon mal hinsetzen sollte, durchschnaufen, beruhigen und nicht gleich nach dem Empörungsbuzzer suchen sollte. Gut, viele müssen nicht suchen, da ist er serienmässig immer in Schlagweite. Und so hat es sich dann auch in dem Thread abgespielt, nur wenige haben sich die Mühe gemacht wirklich zu argumentieren, viele einfach mal den Buzzer bedient. Wer allerdings JETZT nachlesen möchte - ich habe einige Kommentare wegen strafrechtlicher Relevanz und einige wegen persönlicher Beleidigungen gelöscht, löschen müssen.

By the Way, zurück zum Thema. Genau dieser Reflex, verhindert es, dass wir uns Räume zurück erobern, die uns die Rechten abgenommen habe, die wir den Rechten widerstandslos überlassen haben. Dieser Reflex, dieser antrainierte, verhindert es in uns selbst nämlich, dass wir Grenzen wieder sprengen, aufbrechen, dass wir uns diese Räume, diese Begrifflichkeiten zurückholen. Lakoff/Wehling beschreiben das Entstehen dieser Reflexe, das Entstehen und Verfestigen dieser Neuronalverbindungen sehr gut und verständlich in ihrem Buch.

Wenn wir uns aber - auf demokratischem Wege - die Mehrheiten in diesem Lande zurückholen wollen, und mit "uns" meine ich ALLE demokratischen, progressiven Kräfte von SPÖ über Grüne bis zur KPÖ, dann müssen wir auch mehrheitsfähige Positionen haben und mehrheitsfähige Politik machen. Nur über den Kopf erreicht man die Menschen nicht, nicht alle. Natürlich können wir uns stundenlang in unserer schicken, kleinen Blase darüber auslassen, dass die Politik so emotionalisiert worden ist (ja auch DAS haben wir leichtfertig den Rechten überlassen), natürlich kann man sich gegenseitig bejammern und bedauern, dass wir trotz unserer an sich vernünftigen Programme, die Menschen nicht erreichen und wir diesen Trend der Emotionalisierung umkehren müssen. Aber damit erreichen wir genau NÜSSE! Und ausserdem bejammern "wir" das, seit ich ein politisch denkender Mensch bin. Also seit den frühen 1980ern. Geändert hat sich nichts, im Gegenteil.

Wir haben nunalso die Wahl, uns in der immer kleiner werdenden Blase selbst zu bedauern und zu bejammern oder aber wir sprengen die unsere eigenen Grenzen und schlagen die Rechten mit ihren eigenen Waffen. Wir haben die Wahl ob wir uns in unserer immer kleiner werdenden Blase selbst beim Verbalonanieren (bodenständiger "Hirnwichsen") zusehen und uns gegenseitig versichern wie recht wir denn nicht haben, oder wir versuchen endlich mal auch Herz und Bauch der Menschen zu erreichen, mit einer Form von "gutem Populismus". Heribert Prantl von der Süddeutschen hat dazu in der nigelnagelneuen "Kepler Tribune" der JKU - Johannes Kepler Universität einen sehr bemerkenswerten Artikel dazu geschrieben. Wichtig ist es, das eigene ideologische Fundament nicht zu verlassen, aber auch auf diesem Fundament kann man bodenständig, verständlich und manchmal auch ein wenig marktschreiermäßig agieren.

Oisdenn - nochmal in aller Kürze: Eigene Reflexe aufbrechen, Botschaften für Hirn, Herz und Bauch formulieren und die dann unter Verwendung "IHRER" Waffen zu den Menschen bringen.

EDIT: HIER findet ihr die Kepler Tribune als E-Paper mit dem Artikel von Heribert Prantl https://www.jku.at/.../jku-bringt-wissen-in-die-gesellschaft.../

(Foto: privat)

#longcontentwarning

Achter Mai. Da sitz ich nun und überlege was ich denn da Großes schreiben soll. Wohltemperierte, wohlüberlegte, rührende aber nicht weinerliche Worte. Solche die nicht laut posaunen, aber auch solche die nicht allzu leise in dem Getöse untergehen. In jenem Getöse jener nämlich, die sich heute berufen fühlen, ebenfalls wohltemperierte, wohlüberlegte, wohlgewählte Worte zu finden. Würdevolle wenns geht auch noch. Falls die Würde noch im Gesamtpaket der Wohltemperiertheit enthalten wäre.

Viele derer, die sich heute und auch die letzten Tage be- und gemüßigt fühlten wohltemperiert den Raum akustisch mit ihren Worthülsen, den würdevollen, mit ihren Sprechblasen, den wohlüberlegten zu füllen und erfüllen, viele jener haben sich noch gestern und werden auch wieder morgen, sich einer ganz anderen Sprache bedienen. Einer die tobt und brüllt, einer die ganz tief in den Bauch der Angesprochenen gehen soll, die das Herz und das Hirn ausschalten, ausklammern soll. Einer Sprache, die den Ämtern und den Sesseln die sie innehaben nicht würdig ist. Sie werden sich wieder Worte bedienen, die nicht würdig sind, Worte welche sich die Würde als solches zum Ziele machen. Die Würde jener nämlich, die sie als nicht Dazugehörig empfinden. Die keine "Dosigen" sind, keine Eingeborenen, keine von "UNS".

Sie werden sich einer Sprache bedienen, die so anders ist, als die des heutigen Tages, wenn sie blumenbesteckte Kränze niederlegen, mit würdevoller Miene und aufrechtem Gang. Die Kränze tauschen sie schon morgen wieder, mit dem demonstrativ in die Menge gehaltenem Bierglas, der ebenso bebierglasten Menge zuprostend, anderen die Würde abzusprechen, die sie noch heute so beschworen haben, die sie gesichtsmäßig, staatstragend und kamerafreundlich zur Schau getragen haben.

Wohlwissend, dass es eben diese entwürdigende Sprache war, die den Anfang machte. Am Anfang war das Wort. Wohlwissend, weil sie ja keine Dumpfdösel sind, oder Deppen, was sie damit bewirken, weil sie ja was bewirken wollen. Wohlwissend, dass sie damit genau jene Würde wieder verletzen, die sie heute so eifrig beschwören. Weil es sich so gehört, weil ja Rundfunkmachende und Schreibende in Hör- und Sehweite sind, die sie eventuell dann bei einem nicht ganz so würdevollen Wörtchen wahrnehmen könnten, schlüpfen sie heute in die passende Betroffenheitsmaske. Um diese dann morgen wieder gegen das alltagstaugliche Bierzeltgesicht zu tauschen. Die würdevollen Worte wieder in das Kisterl hineinlegend, das sie nun wieder ein Jahr nicht anschauen werden und es ganz weit hinten, in der untersten Schublade ihres Amtsschreibtisches versteckend. Nur um nicht daran erinnert zu werden, wie würdelos sie nun wieder die nächsten 364 Tage verbringen werden.

Hören wir nicht auf die würdevollen, schalmeienden, wohltemperierten Worte von heute. Hören wir ihnen den Rest des Jahres genau zu. No, wie hammas denn mit der Würde, sagen wir am 12. September, oder am 10. Juli, oder wann auch immer? Wie hammas denn mit der Würde der Menschen, die keine "Dosigen" sind. Die vielleicht nicht in das Schema F der Bierzeltbefüller passen?

Am Anfang war das Wort. Vergessen wir es nicht, auch wenn die heute Wohltemperierten, die heute Würdevollen dieses nicht sehen und hören wollen. Wenn sie ihr entwürdigendes Handeln abseits der heute zur Schau zu tragenden staatsmännischen Miene, Schauspiel treiben. Denken wir nicht nur heute daran, dass es nicht mit Ausschwitz, Mauthausen oder Belzec begonnen hat, denken wir auch heute daran, dass am Anfang das Wort stand.

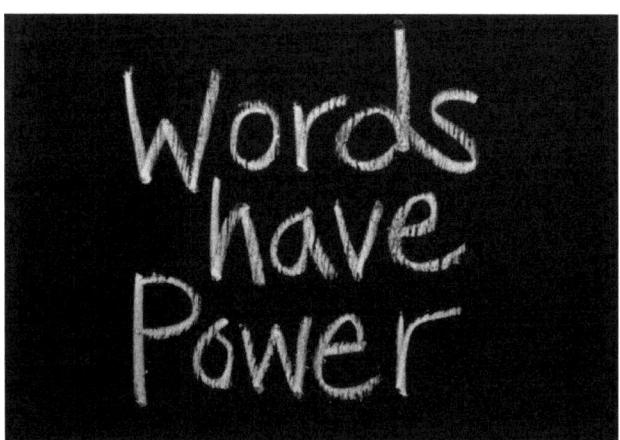

(Foto: www.depositphotos.com)

#longcontentwarning

Ich komm ja auch nicht am Thema CETA vorbei, auch wenns allerorten schon besprochen wird. Das was da so im Vetrag drinnen steht und wo sich die tatsächlichen Risiken und Gefahren befinden, das können andere besser erklären als ich, der Michel Reimon zum Beispiel, oder auch der Gernot Almesberger. Oder ihr nehmts einfach das Büchlein, das ich mir da so fotogen auf die Birne knall zur Hand. Was auch ginge, einfach auf https://www.gruene.at/schwerpunkte/ttip-tisa-ceta gucken, da wird im Grunde alles be- und umschrieben.

Oisdenn...um die Inhalte von CETA & Co gehts also nicht. Um was denn dann? Ich spann den Bogen ein bissale weiter, an diesem Beispiel. Weil nämlich, immer vor Wahlen aber auch kurz danach, da wird dann allerortens diese Wahlmüdigkeit, diese Politverdrossenheit des Wahlvolkes wort- und tränenreich bejammert. Wenn es dann wieder einmal nur knapp die Hälfte der Leute interessiert, wer denn da die nächsten Jahre die Zügel in der Hand hält.

No, wundert euch das? Der Umgang mit den Freihandelsabkommen, beziehungsweise die eingenommene Position dazu ist das Beste aller erdenklichen Beispiele. da sollen sich die Leute ned verarscht vorkommen? Da denkt sich sogar der politinteressierte Mensch,"jo rutscht mir doch den Buckel runter!" Replizieren wir kurz: drei Parteien haben ihre Position zu den Freihandelsabkommen von Anfang an beibehalten. Das waren auf der einen Seite NEOS und die altschwarze/neutürkise ÖVP, die sich ganz klar für jene positioniert haben und auf der anderen Seite Die Grünen, die ganz klar GEGEN TTIP, CETA und Co waren.

Ich mein, die SPÖ, versucht ja wenigstens einigermaßen plausibel zu begründen warum da so ein Schlingerkurs gefahren wurde, das muss man ihnen zugestehen. Auch wenn für mich die Argumente ein wenig schwammig daherkommen. Aber was sich die FPÖ an WählerInnenverarschung (sorry, musste sein) leistet, das geht auf keine Kuhhaut mehr. Ich hab das gestern eh schon mal gepostet (https://www.facebook.com/manfredwalter68/posts/2188726817820900) und füge da exemplARISCH nur die Wortspende vom Kunasek hinzu. Welche Arroganz, welche Abgehobenheit, welche Ignoranz gegenüber dem Volk - das sie ja zu vertreten gelobt haben - so als einzige wahre Heimatpartei.

Und da wundert man sich, dass die Leut drauf pfeifen und nicht mehr wählen gehen? Weil, ich sag euch was. Die Menschen sind NICHT politikverdrossen. Die sind PolitikerInnenverdrossen und es werden von Tag zu Tag mehr, besonders mit solchen Aktionen. Ich mein, ich sollt mich ja freuen, dass die Partei Immerfair jetzt ihr Fett wegbekommt und sich die Leute das bis zur nächsten Wahl hoffentlich merken. Ich könnt mir ja auch ins Fäustchen lachen, dass all die Gschichtln die da jetzt abgezogen werden, genau jene WählerInnen trifft, die diese Burschenschafterclique gewählt haben. Könnte ich....

...tu ich aber nicht. Zum Einen, weil Schadenfreude ja nicht so das meine ist und ich doch hoffe, dass man diese Menschen dann, nach erfolgter Ernüchterung (doppeldeutig böses Wortspiel, ich weiß, vor allem wenn man an so manche Bierzeltszene denkt) sich dann doch wieder progrssiveren Wahlgruppierungen zuwenden mögen. Da wäre Spott und Häme dann nicht das hilfreiche Mittel. Und zum Anderen, weil ja ALLE im Endeffekt draufzahlen bei dieser Politik die nur Vermögenden und Konzernen wirklich Vorteile bringt.

Ich hoffe all die ArbeitnehmerInnen vergessen nicht, was da im Moment zu ihrem Nachteil alles verbrochen wird, auch wenn ich befürchte, das sich vor dem nächsten Wahlgang sicher wieder eine Route finden wird, die man zu schließen gedenkt.

Und ich hoffe, dass auch so manche Politikschaffende, sich eines Besseren besinnen und wieder ein wenig wahrhafter werden in ihren Aktionen, ein wenig aufrichtiger in ihren Wortspenden. Ob das nun ein als Dritter in Opposition Gehender ist, ob das nun ein Eurofighterverkaufender ist oder aber auch ein Ultimativvolksabstimmungfordernder. Vielleicht VOR der Wahl ein bissale bedenken, was man ULTIMATIV verspricht, und ABSOLUT zur Bedingung macht. Ich weiß, diese Hoffnung ist a bissale naiv, aber es wäre dann doch eine schöne Vorstellung, oder nicht?

(Foto: www.pixabay.com)

#longcontentwarning

Anlass für dieses Posting war ein Interview, das der Multifunktionär und allgegenwärtige Tausendsassa der Türkisen verschiedenen Medien gegeben hat, wo er unter anderem meinte: „Wir brauchen eine Entziehungskur von der Droge Staat. Ich bin zutiefst staatsskeptisch."

Wenn da der Herr Mahrer meint, wir mögen uns doch bitte von der "Droge Staat" befreien, dann muss ich ihm leider sagen, Nein, nie, nimmer, nicht, nie im Leben! Ja, ich gebe es unumwunden zu, ich bin ein Staatsjunkie, ja ich hänge an der Droge Staat. Wobei, muss man schon auch sagen, nur so lange, bis ein besseres Konzept verwirklicht ist. So eine Gesellschaft wie in "Star Trek Next Generation" würde mir da taugen. Wo die Menschen nur noch nach Wissen gieren und nicht mehr nach materiellem Firlefanz. Nur, das werd ich nimmer erleben und meine Kinder vermutlich auch nicht, aber so als Vision hat das schon was.

Nur, solange diese Vision nicht verwirklicht werden kann, da bekenne ich mich zum Staatsjunkie. Quasi mein Methadon bis die bessere Droge "Vereinigte Föderation der Planeten" real wird. Gehen wir nun der Frage auf den Grund, warum ich mich zu der "Droge Staat" bekenne...

Ja, ich will einen starken Staat. Keine starken Männer, einen starken Staat. Keine postpubertären Egomanen, die in ihrer Schnöseligkeit nur nach dem Blitzlichtgewitter suchen, nach dem Beifall des Boulevards. Ich will einen starken Staat, geführt von empathischen, sozialen Frauen und Männern, nicht von worthülsenspendenden Routenschließern! Ich will auch keinen starken Staat, in dem meine BürgerInnenrechte unter den Hufen von Polizeipferden zermalmt werden.

Ich will einen starken Staat, der uns die notwendigen Regeln vorgibt, wie wir unser Zusammenleben gestalten sollen, weil ja leider nicht alle das Gebot vom "was du nicht willst, was man dir tut, das füge auch keinem anderen zu" verinnerlicht haben. Leider...

Ich will einen starken Staat, der die Kreativen, die Visionäre fordert und fördert, ich will einen starken Staat, der jene schützt, die nicht mit dem goldenen Löffel im Arsch geboren wurden und sie unterstützt. Ich will einen starken Staat, der die Rechte jedes Menschen, egal welcher Hautfarbe, welcher Religion, welcher sexuellen Ausrichtung schützt und aktiv verteidigt. Ich will einen starken Staat, der dafür sorgt, dass jeder und jede, das Nötige und Mögliche beiträgt um diesen Staat am Funktionieren zu halten. Damit jeder Mensch die bestmögliche Bildung, die bestmögliche medizinische Versorgung bekommt, unabhängig vom eigenen finanziell möglichen Beitrag!

Ich will in diesem starken Staat auch starke Institutionen, die diesem Recht zum Durchbruch verhelfen. Ich will starke Gewerkschaften, die sich auch nicht scheuen, im Angesichte DIESER schnöseligen Regierung, das Wort STREIK in den Mund zu nehmen. Ein "Bitte, bitte liebe Regierung, redet nochmal mit uns über eure Pläne" wird an den Herren Bumsti[22] und Basti[23] vorbeischallen, das wird sie unbeeindruckt lassen. Da werden sie maximal in hysterisches Gelächter ausbrechen. JETZT ist der Zeitpunkt dieser Regierung zu sagen:"Bis hierher und nicht weiter", JETZT ist der Zeitpunkt, sich an die Abrissbirne die diese beiden ausgepackt haben zu ketten und zu sagen:"NICHT MIT UNS!"

DAS würde für mich den starken Staat ausmachen....ja und von so einem Staat bin ich gerne abhängig und ja, in so einem Staat bin ich auch gerne bereit, MEINEN Beitrag für ein funktionierendes Gemeinwohl zu leisten!

---

[22] Spitzname von Heinz Christian Strache
[23] Wieder einmal wird Kanzler Kurz gemeint

(Foto: www.pixabay.com)

#longcontentwarning

"Dieser Empfang war aber nicht freundlich" - "Ja und, die Regierung ist auch nicht freundlich!" Das war die Antwort von Raffael Schöberl am ÖGB Kongress. Gegangen ist es um die Protestaktion der ÖGJ - Österreichische Gewerkschaftsjugend gegen die Abschaffung der Jugendvertrauensräte. Die Frau Ministerin des Unsozialen hat sich auch ein bissl aufgeregt drüber, aber, das ringt mir sogar ein kleines bissl Respekt ab, sie hat dann mit Kampfflächeln ihre Rede durchgezogen. Respekt auch dafür, dass sie die EINZIGE der Regierenden war, die den Kongress besuchte.

Wobei wir ja schon beim Thema Unfreundlichkeit wären. Weil, nämlich - als der neue Präsident des ÖGB dann sein, zur Zeit wahrlich schweres, Amt antrat, da haben dann die zwei #knollpfosten (wie ich zu DEM Hashtag gekommen bin, ein bissl weiter unten) an der Spitze der Regierung die Einigung über den 12 Stundentag verkündet. Das ist so ziemlich der unfreundlichste Akt gegenüber den SozialpartnerInnen an den ich mich erinnern kann. Nicht mal der Schüssel hat den ÖGB oder die Arbeiterkammer jemals SO dreist brüskiert.

Der "freiwillige" 12 Stundentag kann nur jemandem einfallen, der noch nie in seinem Leben wirklich was ghackelt hat. Und da ist es jetzt fast egal, ob du 12

Stunden im Büro sitzt, oder 12 Stunden auf der Baustelle stehst. FAST egal, ich kenn beides inzwischen, aus eigener Erfahrung sag ich, Baustelle ist dann doch noch ein Altzlerl anstrengender. Aber nach 12 Stunden im Büro, da bist du auch sauber erledigt.

Tjo, und dann diese "Freiwilligkeit". Den Schmäh können sich die beiden #knollpfosten am Podex kleben. Oder sonstwohin... Hmmm, für die nächsten Zeilen müsste ich mich als Gewerkschafter und Betriebsrat jetzt dann selbst kasteien, aber ich bin Realist und hab schon viel gesehen in der Arbeitswelt. Weil, in Firmen mit flachen Hierarchien, kleinen Handwerksbetrieben und Ähnlichem, wo der/dei ChefIn mit auf der Baustelle steht, da wird eh auch manchmal schon 12 Stunden gearbeitet. Aber, da muss halt der/die ChefIn auch nett zu den KollegInnen sein und ist es meist auch. Das läuft dann eher auf der amikalen Ebene. Und weil ja arbeitsrechtliche Geschichten grossteils ins Zivilrecht fallen, gilt dann der Grundsatz "Wo keinE KlägerIn, da keinE RichterIn". Da funktioniert das auch heute schon mit der Freiwilligkeit. Weil wenn der/die ChefIn da pampig wird, dann wird halt ned gearbeitet.

In Firmen mit steilen Hierarchien, da fällt dieses amikale Verhältnis dann weg, meistens. Weil die organisatorischen Entfernungen zwischen den handelnden Personen wesentlich größer sind. Und da kommste dann mal mit "Freiwilligkeit". Jedesmal wenn ich mir diesen Puls4 Ausschnitt ansehe schwanke ich zwischen hysterisch Lachen und heftigem Kopftischen. KEINE AHNUNG aber verdammt VIEL MEINUNG.

Und das "keine Ahnung aber verdammt viel Meinung" bringt mich nun, endlich, zum letzten Punkt heute. Wie ich zum Hashtag #knollpfosten kam. ÖGB Kongress, der zu dem Zeitpunkt noch designierte Präsident am Pult. Erzählt von Pressemeldungen über "unqualifizierte Kampfmassnahmen". Ich denkso bei mir, ah eh, die Industriellenvereinigung, oder doch die Wirtschaftskammer, oder aber auch die Regierung. Bin mir nicht sicher und befrage das Orakel von Google und mich hauts fast vom Hocker. Der Obmann der Freiheitlichen Arbeitnehmer, (-Innen sind nicht mal mitgemeint bei denen) Gerhard Knoll, hat aus dem Kongresssaal das motzen OTSen vollzogen. Keine Eier der Bub. Ist im Saal und traut sich ned rauf zum Pult und sagt:"He Freunde, das war nicht okay", nö, der schreibt und schwurbelt gleich mal eine Presseaussendung. Und sein Adlatus hat dann noch mal nachgelegt. Liebe FAlerInnen: WIR BRAUCHEN KEINE TROJANISCHEN PFERDE IN ARBEITERKAMMER UND ÖGB! Wenn ihr schon so auf die unselbständig Erwerbstätigen in diesem Lande scheisst, dann stehts auch dazu und geht dorthin wo ihr gut aufgehoben seid! Als Schuhputzer zur IV oder so...

#endofstory #knollpfosten #oida

(Bild mit freundlicher Genehmigung der UGÖD – Unabhängige Gewerkschafter*innen im öffentlichen Dienst www.ugoed.at)

#longcontentwarning

Jetzn mal abseits vom Schimpfen, abseits vom Sudern, abseits von der berechtigten Empörung...

Was bittschön soll ein 12 Stunden Arbeitstag bringen? Jetzt so unternehmerisch? Vielleicht kann mir das ja eineR der ClaquerInnen erklären.

Weil: die Menschen werden unkonzentriert, machen Fehler. Die müssen wieder ausgebessert werden, das kostet wiederum Zeit und Geld. 12 Stunden am Tag konzentriert arbeiten, das bringt ned mal der Bumstibastischste Wunderwuzzi zsamm. Produktiv oder effizient ist das nimmer was man da dann macht. Ganz im Gegentum!

Die Menschen werden müde und unzufrieden. Angfressene Leut arbeiten auch bei weitem nicht so gut, wie zufriedene, ausgeschlafene. Braucht man sich nur die diversen Studien dazu ansehen.

Die Menschen werden kränker. Wenn ich ned ausgeruht bin, wenn meine Erholungsphasen zu kurz sind, dann schlägt sich das auf die Gesundheit. Volkswirtschaftlich dann so gesehen, auch wieder ein Minusgeschäft, wenn ich vermehrt Erschöpfungskrankheiten habe. Weil, das ist ned so wie bei einer Grippe, dass man nach 7 Tagen wieder am Damm ist, das dauert für gewöhnlich länger.

Wenn ich dann noch, gesetzlich zumutbar, Vier Stunden unterwegs bin, erschöpft und müde, dann wird auch die Unfallhäufigkeit steigen, jetzt nicht nur am Weg, auch im Betrieb. Unfall -> Verletzung -> Krankenstand. Was hamma dann wieder: Produktionsausfälle, Kosten durch unnötige Unfälle...

Also: Alles in Allem, der 12 Stunden Tag rechnet sich ja auch wirtschaftlich nicht - weder auf Betriebsebene noch volkswirtschaftlich....warum also? Warum?

(Bild mit freundlicher Genehmigung der UGÖD – Unabhängige Gewerkschafter*innen im öffentlichen Dienst www.ugoed.at)

#longcontentwarning

Dieses Graffiti findet man in Linz Dornach, bei der Autobahnüberführung. Wenn Du dann dort stehst und den Blickwinkel ein wenig verengst, dann siehst du in Stein gegossene Tristesse. Alles Grau in Grau. Rechts davon, da erkennt man den Betonriesen eines Studentenheimes. Links davon wiederum, vorbei an ein paar Läden sieht man schon aufs Land hinaus. Da erfreut ein Weizenfeld das Auge. Aber wie gesagt, mit engem Blick sieht man nur Grau in Grau.

Was hat die Person, die dieses Sprühbild geschaffen hat in dem Moment bewegt, als sie diese Worte in gegossenen Stein mittels Spraydose gemeißelt hat. "Menschlicher Müll". Was geht einem da durch den Kopf, wenn man das an die Wand schmeißt. Es bedrückt auf mehreren Ebenen...

...was, wenn sich die Person selbst als Human Trash fühlt. Warum fühlt sich ein junger Mensch, oder zumindest junggebliebener Mensch so? Was ist da falsch gelaufen im Leben, dass sich ein Mensch, mit Talenten wie man am Sprühbild sieht, als Müll fühlt? Wertlos. Ausgesondert. Entsorgt.

...was wenn es eine bloße Replik von vermittelter Wertlosigkeit von Menschen, wie sie uns von so manchem "Elitärem" erklärt wird, ist. Ein Hilfeschrei nach Menschlichkeit. An die Wand gesprayte

Hilflosigkeit ob der Kälte der Gesellschaft. Eine grüngraue Anklage gegen die Verachtung die "denen da unten" entgegengebracht wird.

Alleine wenn man sich am Sonntag Abend diese Portion Masochismus gegeben hat und im Zentrum geschaut hat, dann hat man ein ungutes Gefühl in der Bauch- aber auch der Herzgegend. Diese Verächtlichmachung des Menschlichen, des Humanen, das da von der linken Sitzseite kam. Links sitzen, rechts denken. Menschen die nicht die "Dosigen" sind, sind wertlos. Sind Zahlen. Zahlen kann man schon mal absaufen lassen. Sind ja nur Zahlen. Nein, das sind Menschen, aus Fleisch und Blut. Menschen die sich mit Hoffnung auf den Weg gemacht haben und ihre Träume in einem nassen Grab wiederfinden. Ist das der "Human Trash", den der Sprayer, die Sprayerin meint?

Oder sind es die "Wertlosen" unter uns? Die, die keinen ökonomischen Nutzen haben. Die Obdachlosen, die aus irgendwelchen Gründen ökonomisch gescheitert sind. Die Wegrationalisierten, die Ausgesonderten, die keinen Job mehr finden, weil sie nicht das Glück hatten mit Eltern gesegnet zu sein, die ihnen einen goldenen Löffel in den Allerwertesten stecken konnten. Oder sind es gar diejenigen, die ihren Anteil an Verwertbarkeit schon erfüllt haben und jetzt kaputtgeschuftet und ohne jede Perspektive mit dem Mindesten auskommen müssen. Und das soll ihnen auch noch genommen werden. Sind es diese?

Ist es das Wehklagen der Wertlosen, wie es ein besonderes Herzchen dieser Tage twitterte. Der Homo Oeconomicus, der alle nur nach ihrem wirtschaftlichen Nutzen beurteilt. Wo kommen wir da wieder hin? Wie schnell sind wir da wieder bei den "unnützen Essern"? Das hatten wir doch alles schon mal...

Wen der Sprayer, die Sprayerin meint, das werden wir nie erfahren. Aber, man kann sich schon so seine Gedanken machen, warum das dort gelandet ist. Und diese Gedanken sind nicht schön. Die Frage wann wir das Menschsein verlernt haben, wann wir das "unseren Kindern solls mal besser gehen" vergessen haben, das kommt da bei mir alles hoch. Und es bedrückt, wenn man sieht, wie viele denen zujubeln, die andere zu "Human Trash" erklären...

(Foto: privat)

29. Juni 2018

Es gäbe ja dieser Tage vieles zu bemäkeln und zu bemängeln. Viel zu vieles, wenn man bedenkt, dass wir in einem der sichersten und reichsten Länder dieser Erde wohnen. Natürlich ist beides, sicher und reich, relativ. Statistik eben, aber ich wüsste jetzn auch keine bessere Methode um in irgendeiner Form Daten anschaulich zu machen. Natürlich ist Österreich eines der sichersten Länder der Welt, statistisch gesehen, quasi in Zahlen gegossene Objektivität. Subjektiv betrachtet kann man dann davon ausgehen, dass in Gigridspotschn[24] weniger Straftaten geschehen als in Wien. Ebenso verhält es sich mit Reichtum. Ein Mateschitz ist objektiv, in absoluten Zahlen der reichste Österreicher. So geldmäßig jetzn. Verglichen mit einem Bill Gates ist er ein armer Schlucker. Egal, er hat trotzdem unanständig viel Geld. Aber ich bin ihms ja ned mal neidig. Ich wüsste ja ned mal was ich damit machen sollt. Na egal, darum solls nicht gehen heute. Nicht um Sicherheit und nicht um Geld. Wobei, nein, stimmt nicht ganz, ums Geld gehts doch, aber nur am Rande.

Weil nämlich, da war dieser Woche ein Nachrichtenausschnitt zu sehen, in dem der

---

[24] Oft gebrauchtes Synonym für Landgemeinde

Bundesbasti[25] doch allen Ernstes behauptet, dass die Arbeiterkammer den Menschen die an der großen Demo am Samstag[26] teilnehmen, da dann Fahrt und Unterkunft bezahlt. Und das mit einem honigsüßen Stimmchen. *Säusel*"Achja, natürlich ist das okay, natürlich ist das rechtlich gedeckt"*Säuselende* Eine dreiste Lüge in Watte gepackt, wird deswegen nicht wahrer. In jedem halbwegs zivilisiertem Land würde der Typ mit nassen Fetzen ausm Amt gejagt. Und außerdem und überhaupt, einer der sich von der Industriellenvereinigung sein Regierungsprogramm und Gesetze vorschreiben, diktieren lässt, der von einem Mitglied dieses Privatvereines schnell mal 400.000 Euro aus der Portokasse zur Wahlkampffinanzierung bekommt, der sollte ganz schnell einfach mal die Klappe halten.

Wenn nämlich mal angenommen, die AK tatsächlich hier Reisekosten übernehmen würde, wieviel wäre das dann maximal pro TeilnehmerIn? Was kostet so ein Zugticket von Bregenz nach Wien jetzt? So um die 80 Euro schätze ich mal. Das wären im Fall der Fälle wirklich Peanuts. Wobei ja, der ÖGB Vorarlberg seinen Mitgliedern, die nach Wien reisen und keine Möglichkeit mehr haben am Samstag mit Öffis zurück in ihr Tal zu finden, tatsächlich die Übernachtungskosten ersetzt. Der ÖGB ist ein privater Verein, seine Mitglieder zahlen Beiträge, wählen ihr Präsidium, das diese

---

[25] Kanzler Kurz – eh schon wissen!
[26] Demonstration gegen den 12Stundentag am 30.06.2018 in Wien

Beiträge widmungsgemäß verwenden soll. No, wenn das keine widmungsgemäße Verwendung ist, dann weiß ich auch nimmer.

Aber zurück zum Bundesbasti. Ohrwaschlkaktus darf ich ja nimmer schreiben, hab ich wem versprochen. Ich soll niemanden auf körperliche Eigenheiten reduzieren. Das lenkt nur vom eigentlichen Thema ab. Aber, das hat mir SOOOO gefallen. Und, lenkt es ab? Ja, sicher, ihr sehr alle jetzt nur seine Ohren, gebt es doch zu! Also, der Bundesbasti. Ich mein, abgesehen davon, dass meine Meinung zu diesem kleinen, karrieregeilen Schnösel eh schon nicht die beste war, jetzt ist er bei mir endgültig dort daheim, wo die Sonne nie hinscheint. Ohne jegliche Not, stellt sich dieses Gfrast hin und lügt, dass sich die Balken biegen. Nur um die Interessensvertretungen der unselbständig Erwerbstätigen in ein schiefes Licht zu rücken, weil ihm selber wegen dem 12Stundentag grad das Wasser bis zu den Ohren steht. (Sorry, DER musste sein) Weil er grad merkt, dass seine Felle ein wenig davonschwimmen. Aber, er wird sicher wieder irgendwo, irgendeine schließbare Route finden. Die Chris Lohner - ja, die mit der ÖBB Stimme - hat dieser Tage mal geschrieben, dass sie der Kickl massiv anwidert. Ja, eh mich auch und der Strache und der Hofer sowieso, aber am meisten ekelt mir vor diesem schleimigen, sich wie eine Schlange windenden Gnom, vor diesem Technokraten der Macht, der so hoffe ich, bald den (politischen) KönigsmörderInnen in der VP zum Opfer fällt. Sehr bald, sonst bleibt von dem Österreich, das wir alle kennen und - mehr oder weniger - lieben, nicht viel übrig!

Ramen!

(WTF Pic by <u>Nadine Walter</u>)

Es war einmal...

So fangen Märchen, Geschichten, Anekdoten an. Bevor ich weiterschreibe, erst mal Dank an zwei Menschen, die mich dazu inspiriert haben. Zuerst mal die Marion Polaschek, mit ihrer Abo-Geschichte von gestern. Und dann Reinhard Mey, mit einer Ansage auf "Klaar Kiming Live". Weil, früher, vor gar nicht allzu langer Zeit, da wurden Fabeln und Märchen dazu verwendet um den Mächtigen auf die Schuhe zu pieseln ohne gleich Kopf und Kragen zu riskieren. Ein paar Flugstunden von hier ist es auch heute noch so, dass man, wenn man pieselt, den Kragen behält aber den Kopf leider nicht. Bei uns ist das mittlerweile anders und dieses Recht den Mächtigen auf die Schuhe zu pieseln sollte uns eigentlich eine Verpflichtung sein, es zu tun! So, genug geschwafelt....

Es war einmal ein Hühnerhof mit vielen Legehennen und einem stolzen, prächtigen Gockel. Die Hennen legten jeden Tag ihr Ei und bekamen dafür auch ihre entsprechende Ration Körndln. Wenn mal eine Henne ein zweites Ei produzierte, dann wachte der Gockel darüber, dass sie auch vom Bauern eine gehörige Extraportion bekam. Tat er es nicht, plusterte sich der Gockel auf und der Bauer wurde an seine Pflicht und Fürsorge erinnert. Wenn er dann noch immer keine Anstalten machte, seinen Hennen ordentlich zu versorgen, dann konnte es schon mal passieren, dass der Bauer schon mal den Schnabel des Hahnes zu spüren bekam. Der Altbauer war sich der Arbeit seiner Hennen wohl bewusst und fütterte sie auch ordentlich, der Gockel hatte relativ wenig Anlass sich aufzuplustern. So war es dann eben, dass der Altbauer sein Auslangen fand, die Hennen ihr Auslangen fanden und alle im Großen und Ganzen zufrieden waren.

Doch leider ging der Altbauer eines Tages den Weg alles Irdischen und sein Sohn übernahm den Hof. Der Jungbauer war einer der zwar nicht mit Hühnern, aber dafür mit Zahlen konnte, das hatte er in der großen Stadt am Marktplatz gelernt, wo ihn sein Vater schon in jungen Jahren hingeschickt hatte um "was fürs Leben" zu lernen. Der Jungbauer hatte wie schon gesagt, viel Ahnung von Zahlen und Tabellen und Statistiken, aber dafür umso weniger Ahnung von der Arbeit am Hof. Von der täglichen Mühsal und Plage.

Der Marktverwalter wiederum, ein Pfenningfuchser vor dem Herrn, der den Hals nicht vollkriegen konnte, redete dem Jungbauern ein, dass doch alle Hühner zwei Eier am Tag legen sollten, weil wenn das eh alle machen, dann spart er sich auch die Extrarationen. Und viel gerechter ist es den Hennen gegenüber auch, wenn sich alle gleich plagen müssten. Der Jungbauer fand die Idee hervorragend und begann auch gleich auf seinem Hof den Zweieiertag einzuführen. Der Gockel war erzürnt und versuchte dem Bauern zu erklären, dass nicht alle Hennen zwei Eier am Tag legen konnten. Dass der Jungbauer die Hennen zu Tode schinden würde und wer solle sich bitte dann um die Brut kümmern, wenn die Hennen tagein, tagaus nur mit dem Eierlegen beschäftigt waren. Dem Bauern passte dies garnicht ins Konzept und er sagte dem Gockel, dass er gefälligst ruhig sein solle, die Hennen können sich dann eh mal einen oder zwei Tage zurücklehnen, wenn der Eiermarkt gerade nicht so rosig läuft. "Aber die Brut braucht jeden Tag Pflege und Aufmerksamkeit und vergiss nicht, Bauer, das sind deine zukünftigen Legehennen!"

Der Bauer dachte kurz nach über die Einwände des Gockels und ging nochmals zum Marktverwalter. Der sagte ihm nur, er solle den Gockel zum Schweigen bringen, dann ist der Zweiertag kein Problem mehr, aber er solle dies schnell machen, weil sonst die Hennen rebellisch werden.

Am nächsten Tag gab es beim Jungbauern Paprikahahn....

Und es ging die Mär um, dass es Gockel gab, die freiwillig in den Topf sprangen, unglaublich aber wahr!

(Foto: www.pixabay.com)

#verylongcontentwarning

Denk ich an Öst´reich in der Nacht,
Bin ich um den Schlaf gebracht...

Dieses von Heinrich Heine dreist geklaute Zitat, das schreib ich nicht nur so daher. Dem ist zur Zeit tatsächlich so. Und im Grunde schreibe ich diesen #longcontent jetzn auch nicht für euch. Den schreib ich eigentlich für mich ganz allein, aber ich muss das mal von der Seele tippseln. Wenn ihr das dann lest und es euch anspricht, dann hat es ja auch nicht nur für mich einen Sinn gehabt.

Um nun auf das Zitat zurückzukommen. Ja, es gibt Nächte, da bin ich wirklich um den Schlaf gebracht. Da lieg ich dann todmüde im Bett, versuche noch ein paar Zeilen zu lesen, immer etwas komplett unpolitisches. Im Moment Krimis. JETZT ist der passende Moment für ein wenig Schleichwerbung, "Mühlviertler Blut" von der sehr geschätzten Frau Eva Reichl möcht ich da empfohlen haben. Aber, back to topic, ich les da also noch ein paar Zeilen und das hilft mir für gewöhnlich dann auch aus dem Tag raus zu kommen. Zur Zeit allerdings nicht, da ist es dann so, sobald ich das Licht ausmache, beginnen die Gedanken zu kreisen. Deswegen auch heute dieser Beitrag. Ich hoffe er hilft mir selbst ein wenig dabei, aus diesem Gedankenkarussel auszusteigen und nachdem ich mich ja nächste Woche auf Kur begebe, auch mal eine Weile nicht stante pede wieder einzusteigen, in das Karussel...

Und das Karussel dreht sich auf so vielen Ebenen. So viele Dinge, bei denen man nicht weiß ob man sich einfach mit Grauen abwenden soll, laut aufschreien oder seine pazifistische Grundeinstellung einfach einmal über den Haufen werfen soll.

Da wäre einmal diese zynische, menschenverachtende Diskussion ob man Menschen retten soll, die grad am Ertrinken sind. Unglaublich für einen Menschen, der erzogen wurde das Leben zu respektieren und zu achten. Und ich denk mir dann, das ist doch nur eine Handvoll die so denkt, wie diese Pegidaohrschläuche die dann einen Sprechchor "absaufen, absaufen" anstimmen. Die haben politisch jetzt keine Macht, das sind einfach nur grindige Oaschwarzn, denkst du dir. Aber, nein, die Achse der Tätigen wie sie sich neuerdings nennen, diese Zyniker, die irgendein Unglück in diese Positionen gespült hat, in denen sie sich befinden, die setzen da noch einen drauf und kriminalisieren die Seeretter auch noch. Die Zeit, ein an und für sich sehr von mir geschätztes Blatt bringt dann auch noch allen Ernstes ein "pro und contra" zu dem Thema.

Tjo, über den Bubenkanzler von Kapschens Gnaden könnte ich ja auch stundenlang keppeln. Diese Arroganz mit der dieser Studienabbrecher den demokratischen Institutionen gegenübertritt und mit seinem honigsüssen Pubertistenstimmchen dann die größten

Frechheiten von sich gibt. Er, der sein Leben lang noch nix ghackelt hat, will MIR erklären wie Arbeit gehen soll. Da krieg ich SOOOOOO einen Hals. Ich bin schon lange, sehr lange, politisch aktiv und ich habe zum Elnen da sehr viele Freundschaften geschlossen - über ideologische Grenzen hinweg - aber auch immer wieder mit Menschen zu tun gehabt, wo ich gewusst habe - Freunde werden wir zwei nie. Aber beim Bubenkanzler, da wird das schon fast zu einer körperlichen Abneigung. Sowas hab ich bisher nicht mal bei einem Strache oder einem Kickl erlebt bei mir.

Und über die oberösterreichische Landesregierung oder die Linzer FPÖ mag ich jetzt gar nimmer schreiben, weil sonst wirds wirklich viel zu lang UND klagbar. Aber so der Grundgedanke, besser gesagt, zwei zusammenhängende Gedanken die mich, egal auf welcher Ebene ich mich gerade befunden habe die letzten Tage, die mich immer und immer wieder beschäftigt haben: zum Einen, wie schon erwähnt, ich bin schon lange aktiv. Und es war fast immer ein Prozess, bei dem man Positionen abtauschte und versuchte sich irgendwo in der Mitte zu finden. Getragen von Argumenten und persönlichem Respekt. Und auch wenn man anfangs meist auf sehr gegensätzlichen Standpunkten war, man hat versucht sich zu finden. Von der Schwarz - Weiß Position hinein in die Grauzonen. Das sehe ich heute absolut nicht mehr. Wobei, es gibt Punkte und Positionen, an die ich mich nie im Leben annähern möchte. Aber die sind nicht schwarz oder weiß, die sind braun. Und natürlich hab ich auch ab und zu geglaubt, mit dem Schädel durch die Wand ist das akkurate Mittelchen um etwas zu erreichen. Aber spätestens nach der ersten Beule, nach dem ersten Busserer hab ich mich eines Besseren besonnen. Das fehlt mir auch in der heutigen Situation.

Und der zweite Gedanke der mich beschäftigt, das ist mehr so eine "Hättiwari" Gschicht. Wie jetzt schon öfter angemerkt, ich mach dieses Bolidigzeuchs ja schon eine Weile. Aber immer irgendwo in nicht besonders machtvollen Positionen. Da wo ich jetzt bin, da hab ich die meiste Gestaltungskraft ever and yesssssss I like it!!!! Die Frage die ich mir immer stelle, wäre ich an höherer Position, wäre ich dann dadurch auch so zynisch, so machtbesessen, so abgehoben? Würde mich Macht auch dermaßen korrumpieren? Wobei, die Frage hab ich mir ja auch schon gestellt, als ich vor eineinhalb Jahren von der Elektrikerwerkstatt in das Betriebsratsbüro umgezogen bin und ich hab mir da mein graues Arbeitsmäntelchen mitgenommen und es hängt auch immer noch im Büro, immer schön in Sichtweite, um ja nie zu vergessen, WO ich herkomme.

So, lange genug gesudert, wie gesagt, war mehr Selbsttherapie, aber wenn du es bis hierher geschafft hast, darfst du dir ein Getränk auf eigene Rechnung holen.   😊;)
MIR ist jetzt ein bissl leichter!

#longcontentwarning

Nur um es gleich zu Beginn zu sagen: Nein, ich will auch keine Flüchtlinge im Land haben. Aber nicht, weil ich Angst hätte vor diesen Menschen, nicht weil ich ihnen gegenüber Vorbehalte hätte, wegen der anderen Religion, wegen einer anderen Art sich zu kleiden, oder wasauchimmer. Ich will keine Flüchtlinge im Land haben, weil ich nicht möchte, dass auch nur irgendwer gezwungen sein muss sein Dorf, seine Stadt, sein Land zu verlassen. Aus welchen Gründen auch immer. Aber wenn Menschen flüchten müssen, dann habe ich als Wohlstandsbürger verdammt nochmal die moralische Verpflichtung zu helfen.

Ich war dabei vor drei Jahren. Ja, ich bin einer der berüchtigten "Bahnhofsklatscher". Wobei, soweit ich mich erinnern kann, hat damals niemand geklatscht, da hatten wir alle viel zu viel zu tun. Ich war dabei als wir am Bahnhof, Menschen mit dem Allernotwendigsten versorgten, ich war dabei, als wir von anderen Menschen eben dieses Allernotwendigste in gefüllten Einkaufswagerln bekamen. Ich war auch dabei, als wir für Hunderte Menschen in der Tabakfabrik Feldbetten aufbauten.

Ich war dabei, als viele Hunderte Freiwillige, eben jene Arbeit machten, die eigentlich der Staat erledigen sollte. Auch dafür zahle ich Steuern, dass Menschen in Not geholfen werden kann, unabhängig von Religion,

159

Hautfarbe, Herkunft. Heute bin ich einer jener, die an allem schuld sein sollen. Jo, Herrschoftszeitennuamoi, was hätte man denn machen sollen? Die Menschen an der österreischisch-ungarischen Grenze verrecken lassen?

Die freiwilligen Helfer von 2015 sind nun an allem schuld, was so in Europa schiefläuft, gemeinsam mit jenen Menschen die damals vor einem furchtbaren Krieg davongelaufen sind, weil sie eigentlich nur eines wollten - das was unsereiner auch will - die paar Jahre die jedem von uns vergönnt sind auf dieser kleinen Kugel, so einigermaßen zufrieden und gesund verbringen.

Dieses gewollte Staatsversagen - anders kann ich es nicht mehr ausdrücken - hat viele Menschen motiviert zu helfen, auf vielen Ebenen, auf vielerlei Arten. Es war ein gewolltes Staatsversagen, nicht nur in Österreich, nein vor allem in Ungarn. Es kann mir niemand sagen, dass es nicht absehbar sei, dass da Menschen vor Assads Fassbomben fliehen werden. Es möge mir bitte niemand sagen, dass diese bereits geflohenen Menschen, dann heimlich still und leise in den Lagern in Jordanien und dem Libanon, verrecken, verhungern würden. Das UNHCR hat bereits im Jahre 2015 berichtet, dass es für die aus dem syrischen Krieg Geflohenen mehr Mittel braucht. (https://newsv2.orf.at/stories/2299192/2299122 - 17.09.2015) Reagiert hat niemand....

Jetzt, drei Jahre später, kommt es zur angeblich "letzten Schlacht" in Syrien, in Idlib. Dort leben laut Medienberichten 3.000.000 Menschen, viele davon bereits aus anderen Regionen geflohen und nun wieder gezwungen, ihr Pinkerl zu packen und schleunigst zu schauen, ihren Arsch möglichst heil da raus zu bringen.

Und was machen die Staaten Europas? Sie ziehen Zäune auf, sie schließen Routen und sie verkaufen Waffen in die Kriegsgebiete. Nach dem Motto, tun es wir nicht, machen es andere und streifen die Profite ein.

Ich stelle mir die Frage, was passiert diesmal, wenn sich zigtausende auf den Weg machen um ihr nacktes Leben zu retten? Werden die Staaten Europas wieder zusehen und darauf hoffen, nachher der Zivilgesellschaft die Schuld für alles Mögliche in die Schuhe schieben? Oder versucht man dieses eine Mal zumindest, ein wenig vorausschauend zu handeln? Nachdem ich meistens eher ein Realist denn ein Träumer bin, befürchte ich, dass es auch diesesmal keine adäquaten Vorbereitungen und Maßnahmen geben wird. Und alle uns Regierenden werden wieder einmal ganz überrascht tun und uns erzählen wollen, das wäre nicht absehbar gewesen!

Aber egal wie es nun tatsächlich kommt, ICH bin bereit mich wieder durch Geschäfte zu schnorren, auf dem Bahnhof Spenden zu sortieren, Feldbetten aufzubauen. ICH bin dabei, wenn es #trainofhope2 geben sollte. Einfach weil ich Mensch bin und bleiben möchte.

(Foto www.pixabay.com)

Schon lange keine #longcontentwarning mehr ausgegeben. Zu lange. Aber, ich kann mich im Moment bei der Fülle an Themen einfach nicht entscheiden über was ich schreiben soll. Ganz nach dem Motto meines aktuellen Facebooktitelbildes:

Manfred Walter
@ManfredWalter4

Diese Regierung macht mächtig Tempo, ich weiß gar nimmer was ich als erstes Scheisse finden soll.....

1:38 nachm. · 30 Mai 18

(Foto: privat)

Aber heute isses wieder mal so weit. Zwengs dem Fremdschämfaktor warads gwesen...

Er heißt Brett K. Er möchte ein hohes Tier im Justizbereich werden. Brett hat das Problem, dass er seine Finger nicht bei sich halten kann. Brett hat auch ein Problem mit dem Wort "Nein". Weil es so super funktioniert, macht Brett andere für seine Probleme verantwortlich. Und weint ganz viel bei einer Anhörung deswegen, weil er so arm ist.

Alfred ist wieder ein ganz ein anderer. Klar, so ein echtes Herrenwitzerl muss schon mal drinnen sein. Aber sonst ist er ein vollviellieber, sagt er! Alfred ist Einzelhändler und hat einen kleinen feinen Laden. Aber es scheint, als wäre Alfred ein bissl unvorsichtig mit seinem Computer. Weil da darf jede Kundschaft hin, wenn er grad bei einem anderen Einzelhändler einkaufen ist. Und da hat dann irgendwer was geschrieben, was sich nicht gehört. Und jetzt ist Alfred ganz traurig, weil er plötzlich nix mehr verkauft, sagt er.

Über einen verhaltensauffälligen Wiener Arzt, der sogar genötigt wurde zu heiraten, weil er einmal einen Po begrapscht hat, verliere ich hier kein Wort, das wird dann sogar in DIESEM Thread ZU peinlich!

Diese Liste ließe sich ENDLOS fortsetzen. Und falls es euch aufgefallen ist, das sind alles so richtig echte Männer, die sich da jetzt so ganz arm und so ganz missverstanden und hintergangen fühlen. Total die Opfer. Was sie auch alle gemeinsam haben, sie glauben Frauen wären Freiwild. Und das echt Arge an der Gschicht ist für mich, dass es genug Menschen gibt, die ihnen dieses Opfergehabe auch noch abkaufen.

Ich hab gestern einen Tweet gelesen, von einer Frau (!) in dem sie herunterrasselt, was sie ihrem Sohn nicht alles mitgeben, mit was sie ihren Sohn ausrüsten muss, damit er nicht in den Verdacht kommt, auch "Opfer" zu werden. Ich hab mir das alles ned gemerkt, aber unter anderem war da eine "GoPro" dabei und so manch andere Überwachungstools. Also auch wieder:"Heul, schnief, trenz, OPFER!" Die Antwort eines MANNES wiederum war ebenso kurz wie treffend: "Lehre deinem Sohn einfach RESPEKT zu haben, dann sparst dir den ganzen Klimbim!"

Und das ist die simple Lösung für alle diese Opferprobleme. Habt einfach RESPEKT verdammt nochmal! Jeder halbwegs normal erzogene Mensch weiß was sich gehört, wie man(n) sich zu benehmen hat, wo die Grenzen sind. Ihr seid eine Schande für die Menschheit mit eurem Revierhirschgehabe und habt dann ned mal die Eier (sehr passend in diesem Zusammenhang) zuzugeben, dass ihr einfach respektlose Schweine seid!

Ich schäme mich für euch!

(Und jetzt hör ich auf, weil sonst rutscht mir noch was Klagbares raus. Aber ich könnt ja sagen, ich war grad beim Billa)

#ischhabefäddich

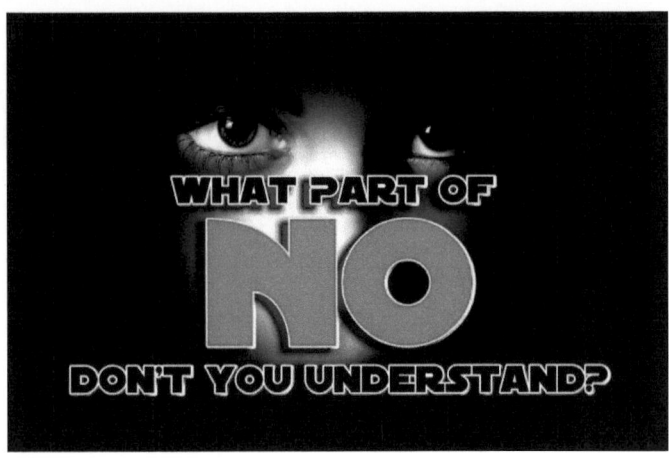

(Foto: www.pixabay.com)

#longcontentwarning

Birgit Hebein wird zur Spitzenkandidatin der Grünen für die Wienwahl gekürt und Panik bricht aus…

Jössas, eine Linke wird zur Spitzenkandidatin der Grünen Wien gewählt. Gottseibeiuns!

Wobei....worin definiert sich ihr "Linkssein"? Sie will, dass Menschenrechte be- und geachtet werden. Sie will, dass es keinem Menschen am Nötigsten mangelt. Sie will, dass Menschen aufgrund ihrer Talente gefordert und gefördert werden. Sie will die bestmögliche medizinische Versorgung für jeden und jede. Sie will leistbaren Wohnraum für die Menschen. Sie will, dass Menschen als Menschen gesehen werden, ungeachtet ihrer Hautfarbe, ihrer sozialen Herkunft, ihrer sexuellen Ausrichtung, ihres Geschlechts. Und dafür wird sie in den diversen Blattln und in den Kommentarspalten als "linke Träumerin", als "linkslinke Utopistin" benamelt.

Wenn ich mir aber diese Dinge so durchlese, dann sind das alles Sachen, die in den 1970ern und 1980ern eigentlich bei (fast) allen Parteien Programm waren. Gut, die Zugänge und die Wege dorthin waren differenziert, aber die Grundansprüche waren sehr gleich. Die PolitikerInnen Österreichs wollten eine fortschrittliche, gerechtere, modernere Gesellschaft.

Sogar die ÖVP hatte mal ein bissl einen Zug zu diesem Anspruch. Klingt heute unglaublich.

Langsam aber stetig hat sich aber dieser Hayekismus, dieses ökonomische Faustrecht durchgesetzt. Und selbst per Eigendefinition "linke" Parteien sind auf diesen wirtschaftsliberalen Zug aufgesprungen. Haben "New Labour" proklamiert. Natürlich hat sich die Welt weitergedreht, natürlich haben sich Gesellschaften weiterentwickelt. Aber anstatt die Wirtschaftsmacht und Innovationskraft Europas zu nutzen, anstatt zu sagen: "Liebe Konzerne, wenn ihr bei UNS was verkaufen wollt, dann müsst ihr dafür sorgen, dass in euren Fabriken ordentlich bezahlt wird, dass in euren Fabriken, egal wo sie sind, gewerkschaftliche Organisation zugelassen wird, und, und, und....!" Diese Liste lässt sich beliebig erweitern. Der Anspruch Europas, die Wiege, das Zentrum der zivilisierten Welt zu sein (der im Übrigen eh eher selten erfüllt wurde, die StaatslenkerInnen der Nachkriegszeit aber durchaus lernfähig waren) wurde aufgegeben und man hat sich den sogenannten "ökonomischen" Zwängen ausgeliefert. Zwänge die von Konzernen propagiert wurden. Wie gesagt, anstatt die eigene Wirkmacht zu nutzen, hat man sich aufgegeben und einer gesellschaftlichen Abwärtsspirale Tür und Tor geöffnet.

Ergebnis davon ist, unter anderem, dass die Schere zwischen Arm und Reich immer weiter wird. Ergebnis davon ist, dass ökologische Notwendigkeiten mit einem Hinweis auf die "Sensibilität" der Märkte reflexartig in den Hintergrund gedrängt werden.

Dieser Planet, der übrigens der einzige ist, den wir zur Verfügung haben, würde genug für Alle bieten. Genug Platz, genug Nahrung, genug Energie. Nur haben die Einen nix, aber auch rein garnix. Und die Anderen, die eine verschwindend kleine Minderheit darstellen, die haben fast alles. Mehr als sie oder ihre nächsten 10 Generationen jemals (ver)brauchen könnten.

Diese Verhältnisse zu kritisieren und diese Verhältnisse ändern zu wollen, das muss der Anspruch einer fortschrittlichen Politik sein. Im Sinne der Menschen, im Sinne des Planeten und im Sinne des Friedens! Warum Frieden? Wie kommt er jetzt auf das? Nujo, real simple: wenn die Politik es schafft, ökonomische Ungerechtigkeiten zu beseitigen, lokal und global, dann kann auch die Gefahr gewaltsamer Konflikte zurückgedrängt werden.

Tjo, jetzt hab ich ziemlich weit ausgeholt, von der Frau Hebein bis zum Weltfrieden. Was ich sagen will: Birgit Hebein hat diesen Anspruch, uneigennützig mitzugestalten an einer gerechteren Welt. Ich würd mir schlicht und einfach MEHR PolitikerInnen ihres Schlages wünschen.

(Fotos: www.pixabay.com)

#longcontentwarning

Eigentlich sollte man ja einen Jahresrückblick schreiben. Uneigentlich war ich eher in der Stimmung einfach drauf zu pfeifen. Weil eh schon so viel gesagt wurde, gesagt wird. Und auch geschrieben. Und weil auch - politisch - so viel passiert ist dieses Jahr. Nicht zum Besten für ArbeitnehmerInnen, BetriebsrätInnen und GewerkschafterInnen. Eine Auflistung erspare ich euch, die kann man eh allerorten lesen. Und eben weil das allerorten zu lesen ist, wollte ich drauf verzichten. Auch zur Schonung der eigenen Nerven und Magenwände.

Aber, dann kommt da die Frau Viktoria Spielmann und postet DAS

Viktoria Spielmann
19. Dezember 2018 · ·

Es ist 1 Tragödie: Die Menschen, die wirklich was zu sagen hätten, sind so voller (Selbst)Zweifel und die, die besser die Klappe halten sollten, sind so voller Selbstsicherheit.
Das ist 1 Aufruf zum weniger Zweifeln und mehr Handeln, auch wenn's nicht immer einfach ist!

(Screenshot privat mit freundlicher Genehmigung von Viktoria Spielmann)

und der Herr Walter fühlt sich angesprochen. Nicht zum Klappe halten, eben genau das nicht. Läge auch ganz und gar nicht in meinem Naturell.

Womit anfangen....das ist immer die schwierige Frage. Wie schon erwähnt, eine Liste schreiben, das ist unsexy. Kennt man ja alles zur Genüge.

Was mich ja am meisten und dauerhaftesten nervt, das ist der (Un)Stil den diese Typen an den Tag legen. Ich bin jetzt schon so lange politisch aktiv, aber sowas von kaltschnäuzig, arrogant, abgehoben und auf der anderen Seite so dermaßen weltfremd hab ich noch nie erlebt.

Ich bin es gewohnt, dass man in der politischen Auseinandersetzung mit denselben Fakten arbeitet, die aber eben aus verschiedenen Perspektiven betrachtet. Ich weiß nimmer wer es war, irgendein FDP Abgeordneter im deutschen Bundestag, der gesagt hat: "Man hat ein Recht auf eine alternative Meinung, aber nicht auf alternative Fakten!" Es versetzt mich immer und immer wieder in ungläubiges Staunen, wie die Menschen in den Regierungsparteien, Fakten verdrehen, biegen, zurechtrücken und ebenso oft, Dinge behaupten die durch NICHTS aber auch GARNICHTS belegbar sind. Da kommen dann schon so skurrile Dinge wie die Sahara als Kornkammer der Römer, was ja irgendwie lustig wäre, würde es nicht vom Vizekanzler kommen.

Wissenschaftliche Erkenntnisse werden einfach ignoriert. Egal auf welchem Gebiet, sei es Ökonomie, Ökologie, Pädagogik. Wuaschd. Was uns nicht ins krude Weltbild reinpasst, wird weggebogen oder weggelogen. Gut, dass ich nur metaphorisch "kopftische", sonst bräucht ich jede Woche einen neuen Schreibtisch (siehe Bild).

Die Hoffnung, dass das nächstes Jahr irgendwie besser wird, hab ich kein bissl. Leider. Wenn die Regierung irgendwie in Bedrängnis kommt, taucht irgendwo flugs ein Kopftuch auf. Oder eine Toblerone. Und die Leut freuen sich wieder, weils wieder was zum Aufregen gibt. Tjo, das werden wir auf die Schnelle nicht drehen können.

Aber, wie sagt der Volksmund so schön, steter Tropfen höhlt den Stein. Deswegen werd ich auch nächstes Jahr keine Ruhe geben und ich weiß viele, viele wunderbare Menschen an meiner Seite, die da ebenfalls keine Ruhe geben werden!

Wenn ich jetzt da eine Auflistung machen muss, vergesse ich sicher die Hälfte der Menschen, ich hoffe man verzeiht mir, das geschieht nicht aus Böswilligkeit, aber ein paar MUSS ich einfach erwähnen, die sich da im letzten Jahr ganz besonders eingebrannt haben in meine kleinen grauen Zellen!

Da wäre gleich mal die wunderbare, immer energiegeladene Viktoria Spielmann, die Elke Weissenborn ohne die ich jetzt nicht da wäre wo ich bin (du weißt wass ich meine 😊 ;)), Markus Koza, Ingo Hackl, Josef Gary Fuchsbauer, Marion Polaschek, Armin Kraml, Martína Otto, Ursula Korn, Angela B. Bayer, Kathrin Quatember, Fritz Schiller, Nadja Aichinger, Sabina E. Hammer, Michel Reimon, Brigitte Huber-

Reiter, Christian Krall, Ela Mana, Tom Coro, Friedrich Hess und viele, viele, viele andere leider Facebooklose. 😊;)

Reden und schreiben wir uns auch weiterhin den Mund und die Finger fusselig, um die Menschen darauf aufmerksam zu machen, was das für ein industriehöriger, nationalistischer, abgehobener Haufen ist, der uns da regiert!

Manfred Walter
@ManfredWalter4

Diese Regierung macht mächtig Tempo, ich weiß gar nimmer was ich als erstes Scheisse finden soll.....

1:38 nachm. · 30 Mai 18

(Screenshot privat)

#longcontentwarning

Lang hab ich überlegt, was ich denn da so in meinen ersten #longcontent in diesem Jahr so abhandeln soll. Themen gäbe es in Hülle und Fülle und jeden Tag serviert uns diese Regierung wieder ein Neues. Weil sie einfach schnell sein MÜSSEN! Weil sie einfach den Menschen keine Zeit lassen KÖNNEN, intensiv über die Neuerungen nachzudenken, diese zu analysieren und deren Folgen abzuschätzen. Weil, WENN die Menschen die Zeit hätten, dies zu tun....HABEDIEEHRE...

Traurigerweise muss ich aber auch sagen, dass sich viele diese Arbeit, diese Denkarbeit, gar nicht machen wollen. Und das ist nicht erst seit der Etablierung der (a)sozialen Medien so. Das hats schon immer gegeben, das war halt früher der Stammtisch, wo sich die Leut nach ein paar Hopfenkaltschalen[27] über jeden Schenkelklopfer von PolitikerInnen ausgetauscht haben. Isso, warimmerso, wirdimmersosein. Man hat sich eben gesagt: "He, dafür haben wir diese Leute gewählt! Die sollen für uns Denken und Entscheiden!"

Der Unterschied zu früher, so die Zeit als ich mich als "knirpsiger Knirps" (diese Formulierung MUSSTE ich jetzt unterbringen, weils dem Christian Apl so gefallen hat Anno 2018 😊;)) begann für Politik zu interessieren, zu begeistern und dann in der Folge auch zu engagieren,

---

[27] Bier ;)

da hatte ich das Gefühl, dass - egal aus welcher Fraktion - PolitikerInnen ein wenig mehr mitgedacht haben. Sich nicht bloß an Umfragen orientiert haben, nicht bloß gschaut haben, dass sie auf Fotos fesch daherkommen, nicht bloss gschaut haben, dass ihnen die Lacher und Schenkelklopfer gehören. Mag sein, dass ich das jetzt so in der Retrospektive verkläre, man möge mich korrigieren wenns so ist.

Aber, um in der Verklärung zu bleiben, ich hab schon das Gefühl, dass PolitikerInnen die Folgen ihres Handelns früher mehr bedacht haben. Und es gibt auch heute noch solche Menschen, glücklicherweise, die analysieren, die genau drauf schauen welche Maßnahme welche Effekte auslöst. Deswegen auch das Bildchen mit den Zahnrädern. Weil das so ein bissl auch MEIN Verständnis von Politik ist, von aktivem Gestalten. Sich einfach die Zeit nehmen und das Hirnschmalz einsetzen, sich zu überlegen: "Wenn ich jetzt dieses Zahnrädchen drehe, welche drehen sich noch mit und in welche Richtung und ist das dann auch die Richtung in die ich MÖCHTE, dass es sich dreht!"

Das ist meinem Empfinden nach abhanden gekommen, bis auf einige, wenige rühmliche Ausnahmen. Wichtig scheint nur noch die Schlagzeile - auch wenn sie eine skandalöse, eine negative ist - wichtig sind nur mehr das Bild in der Zeitung und die Shares auf Twitter und Facebook. Wir brauchen nur diesen unsäglichen Satz des Bundesmaturanten von gestern nehmen, wonach in manchen Familien nur mehr die Kinder aufstehen. Schenkelklopfer drüben, (berechtigte) Empörung hüben. Aber, das Konterfei des gegelten Bubikopfes wird allerorten gesehen. Shares, Likes, Schlagzeilen. Der Hintergrund, der Inhalt gerät vollkommen ins Abseits. Heute läuft der Hashtag #wienstehtauf quer durchs virtuelle Land. Eh, ich hab auch ein bissl mitgemacht, gestern und heute. Und bei manchen Dingen, kann auch ich nicht anders, als mit beißendem Spott reagieren.

Wie gesagt, der eigentliche Hintergrund dieser Wortspende gerät damit ins Abseits bei vielen. Ob gewollt oder ungewollt sei dahingestellt. Faktum ist, der Regierung ging es darum, die Maßnahme möglichst rasch und schlagzeilenheischend unters Volk zu bringen. Weils ja auch für Applaus in manchen Ecken sorgt, wenn man anderen was wegnimmt. Ich unterstelle den Regierenden ganz unverblümt hier auf eine Folgenabschätzung, eine gründliche Analyse des Vorhabens gänzlich unterlassen zu haben, wie bei vielen anderen Dingen die schon umgesetzt wurden. Tempo 140 auf der Autobahn nur als weiteres populistisches Beispiel.

Ob sie es nun nicht KÖNNEN oder nicht WOLLEN, das ist im Ergebnis egal. Die Folgen für das Land unabsehbar. Walter Scheel hat (angeblich) einmal gesagt: "Es kann nicht die Aufgabe eines Politikers sein, die öffentliche Meinung abzuklopfen und dann das Populäre zu tun. Aufgabe des Politikers ist es, das Richtige zu tun und es populär zu machen."

Ich würde mir für 2019 und darüber hinaus wieder mehr PolitikerInnen und Regierende wünschen, die dies beherzigen und sich auch wirklich gut überlegen, welches Rädchen sich wie mitdreht wenn sie an dem einen beginnen herumzuschrauben!

#longcontentend

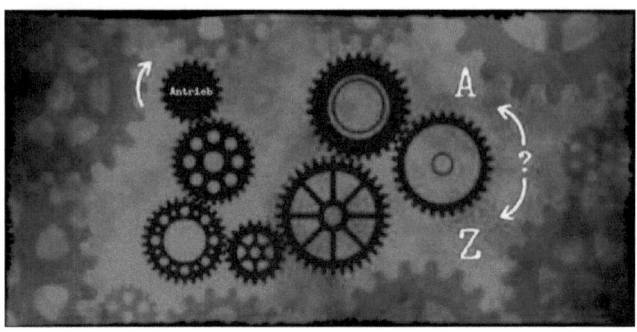

(Foto: www.pixabay.com)

Anlass für dieses Posting war ein Interview des damaligen Innenministers Herbert Kickl im ORF-Report in dem er wortwörtlich meinte, dass das Recht der Politik zu folgen habe…

Manfred der Erklärbär (Danke Kathrin Quatember für den Namen 😄:D 😄:D 😄:D) für kleine Innenminister, gibt mal ein bissl ministerielle Nachhilfe!

Weu, warum....da war gestern so ein Satzerl, wer wem zu folgen hätte. Das kann ja durchaus sein, dass das im Sinne von "nachgehen" gewesen wäre. Also "ver"folgen quasi. Glaub ich aber nicht.

Ich glaub eher, dass das so im Sinne des erzieherischen gwesen is. "Foigst jetzn endlich, du Gfrast!" Oder so.

Egal, in beiden Fällen, kompletter Mumpitz. Ich hab mal versucht das grafisch ein bissl darzustellen. Nennt sich Gewaltentrennung und gehört zu den besseren Ideen einer liberalen, demokratischen Gesellschaft. Und ich habs jetzn ned umsonst so gezeichnet, so mit der Legislative oben, mit der gesetzgebenden Kraft. Das sind die Landtage, das ist der Nationalrat, das ist der Bundesrat. Das sind diejenigen, die unsere Gesetze machen. Vom Staatsvolke legitimiert dazu.

Dass die keinen Humbug bauen, dazu gibts dann den Bundespräsidenten, der das korrekte Entstehen eines

Gesetzes beurkunden muss. Inhaltliche Kontrolle steht ihm keine zu (gut, ich geb zu - DIESE Frage ist umstritten), aber find ich gut, weil sonst hättma eine Präsidialdiktatur. Und jetzt, für einen ganz kurzen Moment, wirklich nur einen winzigen Moment, stellen wir uns vor der N. "wir werden uns noch wundern" Hofer wäre Präsident. Okay...isser nicht, zum Glück. Der Moment hat mir gereicht. Egal, weiter im Text. Und weil sich ein Präsident auch mal irren kann, gäbs dann nocht den Verfassungsgerichtshof. Oiso - die Kontrollschleife für die gesetzgebenden Kräfte.

Dann hamma die Judikative. Die knastet dich ein, wenn du die Gesetze nicht befolgst. Oder auch nicht, bedank dich bei deinem Anwalt. Aber die schaut auch drauf, dass die GesetzesschreiberInnen keinen Blödsinn bauen und auch, dass die GesetzesvollzieherInnen - zu denen komm ich später - keinen Blödsinn bauen, und wenn, dann gibts da Sanktionen. Sprich ein Gesetz wird aufgehoben, weils Humbug ist. Oder der Bürgermeister aus Wasweißichwo wird geknastet (oder auch nicht, er bedanke sich bei seinem Anwalt) weil er das eine oder andere Präsenterl zu viel angenommen hat.

Tjo und dann gibts noch die auführenden Organe, die Exekutive. Das sind die Behörden, die Polizei, die Bezirkshauptmannschaften UND ganz oben an der Spitze der Verwaltung, der ausführenden Organe, da steht die Regierung. Die muss also das umsetzen, was die gesetzgebende Kraft beschlossen hat. Natürlich kann die Exekutive, so aus der Praxis heraus, der Legislative vorschlagen das eine oder andere Gesetzerl zu ändern, weils Humbug ist in der Umsetzung. Aber beschliessen tut die Regierung mal garnix. Njente, nada, nix!

So kontrollieren und bedingen sich diese drei Gewalten untereinander, miteinander, nebeneinander. Da haben sich die Mütter und Väter der Verfassung schon was Gscheites überlegt. Und NONANED kann das mühselig sein, kann das dauern. Aber so isses nu mal in einer funktionierenden Demokratie.

Wenn sich nun der KLIMAZ (Kleinster Innenminister aller Zeiten) hinstellt und meint, dass da irgendwer irgendwem folgen müsste, so hat er in politischer Bildung geschlafen, oder war lange krank. So von 30.10.2006 – 18.12.2017 (Quelle https://www.parlament.gv.at/WWER/PAD_35520/) ungefähr. Also ganz neu im Gschäft. Aber dafür ist ja der Erklärbär da. 😉;)

Als Eselsbrücke geb ich ihm aber noch eines mit: da folgt keiner irgendwem, das ist eher so wie das "Ringel, Ringel, Reihe wir sind der Kinder dreie" - da haben sich alle bei den Händen und es geht ned mit weniger!

Conclusio des Ganzen: der kleine Herpferd hat sich einen Nachzipf eingehandelt, aber was für einen welchen!

Oisdann: a bissl aufpassen s´nächste Mal und a bissl brav sein!

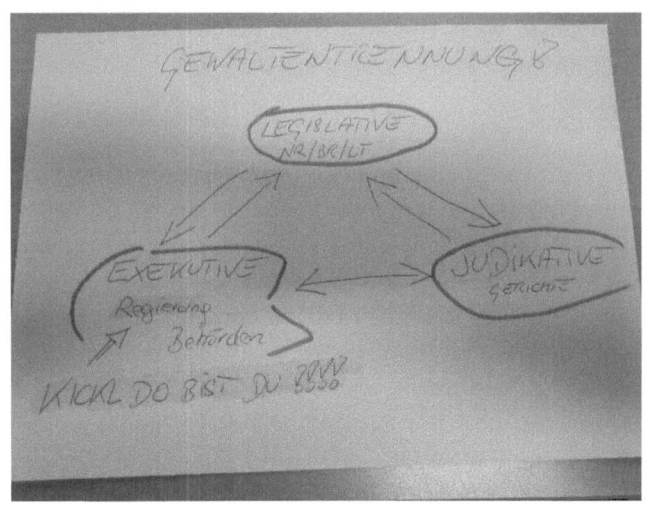

(Foto: privat)

#longcontentwarning

Das ist ja irgendwie immer noch meine "liebste" Szene in "The day after tomorrow". Roland Emmerich hat in diesem Film, tatsächlich wissenschaftliche Erkenntnisse und Theorien einfliessen lassen. Es wird zwar auch wieder so ziemlich alles kaputtet was kaputtet werden kann, ganz im Emmerich-Style, aber die Botschaft, dass wir dann eventuell was gegen den Klimawandel unternehmen sollten, die kommt durch, finde ich zumindest, ich weiß nicht wie ihr das seht. Ich finde halt den Zugang echt gut, so mittels einem Blockbuster-Hollywood-Machalleskaputt-Film, den Menschen die dramatischsten Auswirkungen vor Augen zu führen.

Es sind noch ein paar andere Schlüsselszenen, die den ganzen ökonomischen und ökologischen Irrsinn, den wir da mit dieser kleinen Kugel veranstalten, anschaulich machen. Etwa, wie der Vizepräsident dem Klimaforscher in totaler Arroganz und Ignoranz erklärt, dass ja auch die Wirtschaft was ganz sensibles ist. Der Widerspruch, dass WIR die Wirtschaft selbst erschaffen, generiert haben, das Klima jedoch außerhalb unserer Schaffenssphäre liegt, der wird nicht nachhaltig genug aufgeklärt, erklärt.

Warum nun, ist die Border-Scene meine "Liebste" - nämlich eh mit Anführungszeichen. Ein großer Teil der Fluchtströme derzeit hat ökonomische Ursachen. Nonaned...wenn der "Westen" ganze Landstriche verwüstet und ausbeutet, zwengs dem eigenen Luxus, dann würd ich auch versuchen, dorthin zu kommen, wo ich ned verhungere, wo ich mir ein besseres Leben erhoffe. Ich glaub, das war in der gesamten Menschheitsgeschichte schon immer so. Aber, und jetzt komm ich zum vorigen Absatz zurück. DAS hätten wir in der Hand. Die ökonomischen Grundbedingungen könnten WIR ändern.

Klimatische Basics dann schon eher nicht. Da hätten wir eigentlich die Aufgabe, aus den vorhandenen Grundbedingungen das Beste zu machen. Tun wir aber nicht, weil uns das Sensibelchen Weltwirtschaft wichtiger ist. Wobei, da bin ich wieder bei meiner oft gestellten Frage, warum die Wirtschaft so ein Sensibelchen sein soll, aber die Menschen höchst rational und immer überlegt in ihren ökonimschen Aktionen. Drauf gschissn, wäre das so, wäre Apple nie und nimmer so groß geworden, weil die Apfelprodukte auch ned mehr können als andere Laptops, Handys, Musicdevices, nur was das Marketing einfach geiler!

Na egal, zurück zur Szene. Wenn wir also auch weiterhin das Sensibelchen Wirtschaft so hegen und pflegen und den Klimawandel auch weiterhin auf die eine oder andere Art ignorieren und sogar leugnen, wie es so mancher Staatenlenker macht, dann werden wir über kurz oder lang, mit Fluchtbewegungen konfrontiert sein, gegen die sich die heutigen wie ein laues Lüfterl ausnehmen. Nur werden wahrscheinlich WIR diejenigen sein, die die Fiass in de Händ nehmen müssen. Und dann Gnade uns *hierdiehöheremachteinsetzen* Werauchimmer, dass die Länder in die wir hinwollen, dann ein bissl freundlicher sind, als wir im Moment.

Warum Menschen die ganze Klimagschicht nicht so wirklich ernst nehmen, das kann ich echt ned sagen. Ich glaub ja, dass es vielen einfach zu groß, zu abstrakt ist. Ich persönlich fühle mich da auch irgendwie machtlos. Aber ich weiß in meinem Umfeld viele, viele Menschen, denen das Problem ebenso bewusst ist und die eben auch im eigenen Rahmen, machen was möglich ist um ein wenig klimafreundlicher zu leben. Aber wie gesagt, für viele zu abstrakt, zu groß. Das war ja, um wieder in die Ökonomie abzuschweifen, bei den Panama-Papers und der Cum-Ex Gschichte dasselbe. Das ist eigentlich ein Skandal erster Güte, aber die Summen zu groß, die Abläufe zu komplex. Leider....

Dazu kommt auch noch, die Wissenschaftsfeindlichkeit so mancher Regierungsmitglieder, die da dann gerne von "sogenannten" und im worst-case sogar von "selbsternannten" ExpertInnen sprechen. Jo heasd, gehts no? Nur weil ICH mich mit einer Materie ned auskenn, muss ich ja nicht die Ergebnisse anderer, die das jahrelang studiert haben, anzweifeln, in Frage stellen, lächerlich machen. Jo eh, Grönlandwein und Saharabrötchen.

Mein Vater sagt ja immer: "Was kann denn das kleine Österreich machen?" Was kann das kleine Österreich? Jo, Vorbild sein für andere. Im Kleinen tun was geht. Jede und Jeder für sich selbst. Ökologie und Ökonomie schließen sich nicht aus und dass ein Reformationsprozess nicht von heute auf morgen geht, das ist sogar mir klar. Aber ANFANGEN muss mal wer. Warum nicht Österreich?

YOUTUBE.COM
The day after Tomorrow - Americans Crossing
These a clip from the movie the day after tomorrow.

https://youtu.be/yyD_67t7ml0

#longcontentwarning #naivesvomproleten

Den meisten von uns geht es ja ganz passabel. Aber leider haben wir viele, allzu viele, die sich Tag für Tag durchgfrettn müssen. Manche davon trotz einer Vollzeitbeschäftigung sei angemerkt. Und dann hamma ein paar wenige denen gehts wirklich gut.

Eine Handvoll Menschen jedoch, die haben mehr als ihre nachfolgenden 100 Generationen verbrauchen könnten. Und weil sie nimmer wissen wohin mit der ganzen verdammten Kohle, fangen sie zu zocken an. Im großen Stil natürlich. Der ganze verdammte Planet als riesiger einarmiger Bandit. Das Problem bei solchen Leuten ist, dass es nicht nur sie selbst trifft, wenn sie sich verzocken, so wie es bei einem kleinen Glücksspieler im verrauchten Salon ums Eck ist, bei dem dann nur sie selbst und das engste Umfeld betroffen ist. Nein bei denen, da krachts dann im Weltengebälk.

Und wie gesagt, die haben mehr als sie und ihre folgenden 100 Generationen jemals verbraten könnten. Und wenn sich die verzocken, dann merken sie es maximal in der Portokasse. Wenn überhaupt. Spüren tuns dann die, die sich eh schon Tag für Tag durchgfrettn.

Ich bin denen nix neidig, ich wüsste ned mal wohin mit soviel Geld. Ich bin ja schon überfordert, wenn ich dran denk was da ein Kanzler oder einE MinisterIn so bekommt. Nein, ehrlich, ich bin da überfordert, so gedanklich halt. Ich kenn halt das andere Ende der Fahnenstange, die wo man mehr am durchgfrettn ist.

Dabei gehts mir, so global betrachtet, eh wirklich gut. Besser als vielen anderen auf dieser kleinen, feinen Kugel. Was Menschen machen, wenn sie so gar keine Perspektive haben, das wissen wir. Wenn sie nicht an das eigene Leben glauben können, weil nix da ist zum Glauben, dann wendet man sich anderem zu. Weil irgendwas braucht ein Mensch nun mal, woran er sich klammern kann. Da kommen dann entweder die virtuellen Freunde ins Spiel oder dieser irrationale Stolz auf das abstrakte, künstliche Gebilde der Nation. Tjo, und wenn ich eh schon keine Perspektiven habe, dann isses mir auch relativ egal, ob ich oder andere an meiner Irrationalität leiden. Die virtuellen Freunde und deren Propheten und auch die Verkünder des nationalen Stolzes, die zeigen dann immer mit dem Finger auf irgendjemand anderen, der Schuld dran ist, dass die Perspektiven nicht vorhanden sind. Das ist fesch einfach und funktioniert auch leider immer wieder perfekt.

Dabei wäre es im Grunde so einfach. Die, die eh schon nimmer wissen, wohin mit dem ganzen Schotter, die geben ein bissl was ab. Sagma soviel, dass halt nicht 100 Generationen nach ihnen keiner mehr einen Finger rühren müsste, sondern nur 50 Generationen lang der Müßiggang gepflegt werden könnte.

Das würde ausreichen, um allen Menschen auf dieser Kugel Zugang zu sauberem Wasser zu geben, ausreichend Nahrung zu erhalten, gute medizinische Versorgung zu haben und ein ausreichendes Maß an Bildung zu vermitteln, ergo Perspektiven schaffen. Das hätte dann auch noch den netten Nebeneffekt, dass bis auf ein paar Eigenbrötler niemand mehr so leicht zu radikalisieren wäre. Dann wäre der virtuelle Freund eben nur ein virtuelles Gebilde an das man glaubt, weils der Seele hilft und dieser Stolz auf die Nation würde sich auf Fussballspiele oder Bergabwärtsschneewälzer beschränken.

Gut, dem Klimawandel wäre damit nicht Einhalt geboten, aber wenn die Menschen alle da ausreichend Geld zur Verfügung haben, dann konsumieren die auch, dann fließen auch Steuern, dann kann ja in der Folge ein öffentliches Verkehrssystem geschaffen werden, dass Autos nur mehr die Ausnahme wären. Da ginge schon was. Dann könnten wir dieses Klimading auch noch in den Griff bekommen.

Ihr habt es längst erraten, wo ich hin will, VERMÖGENSSTEUERN! Die lösen zwar nicht alle Probleme dieser Welt, aber sie könnten schon einiges bewirken. Und ich red da jetzn ned vom Häuslbauer, der sich sein schmuckes Ziegelkästchen am Stadtrand hart erhackelt hat. Ich red auch nicht von dieser gehobenen Mittelschicht, wo sich für mein Dafürhalten auch ein Kanzler und die MinisterInnen wiederfinden. Die sind noch nicht wirklich reich, in einem dagobertschen Sinn. Ich red von diesem einen Prozent der KugelbewohnerInnen (..sind da überhaupt Frauen dabei?) die sich da fette 50% des Weltvermögens untereinander aufteilen.

Ich hab da auf dem Bild ein rotes Stricherl hingemalt. Das wäre so ein bissl eine bessere Verteilung. Ein bissl halt.   😊 ;)
Die oberen 10% würden wahrscheinlich ned mal eine Änderung ihres Lebensstils auch nur andenken müssen. Und die unteren 10%, die würden ein einigermassen würdiges Leben führen können.

Wie schon gesagt: die Menschen wären zufriedener, würden nimmer so leicht zu radikalisieren sein, ergo auch weniger Tod und Gewalt. Und die Stinkreichen bräuchten auch weniger Angst um ihr Erspartes haben, weils eh keiner Not hat zu stehlen.

Möglich wäre es, aber drüber getraut hat sich noch keine Regierung. Aber es ist ja auch einfacher, denen was zu nehmen, die sich eh ned wehren können.

(Foto: privat)

#longcontentwarning

Oh was soll ich euch sagen, meine geschätzten LeserInnen. Euer geliebter Erzähler – das bin ich, falls hier irgendwelche Zweifel bestehen – hat seit gestern einen neuen Lieblingsausdruck. „Shitty first draft". Der beschissene erste Entwurf eines Textes. Gelernt in der Schreibwerkstatt der „Schmierfinkin" Irene Steindl (http://www.schmierfinkin.at). Da liegt so vieles in diesen drei Wörtern, über das man Bücher schreiben könnte. Aber, sinnlos, weil diese drei Wörter eigentlich schon alles sagen. Die Schmierfinkin hat uns eben diese Aufgabe gestellt, ohne groß nachzudenken, einen „shitty first draft" zu erstellen. Und das in ein paar Minuten. Ihr glaubt garnicht, was da so entstehen kann.

Der Josef zum Beispiel, der Josef, in seinem unverwechselbarem Tiroler Idiom „Obr ich Ckckon jo gor nimma schreiben!" Legt dann eine Podiumsfähige Rede hin, dass du nur so mit den Ohren schlackerst. Marion, Gary und Andi haben auch in nur 10 Minuten was Druckreifes zu Papier gebracht. Eigentlich unglaublich was so in einem Menschen steckt, wen sich der Mensch nur traut.

Ich möchte euch hier an dieser Stelle nun auch meinen „shitty first draft" vor die Augen werfen. Unverändert, unkorrigiert. Marion und Gary können dies gerne verifizieren, dass ich nicht ein Wörtchen gegenüber dem gestern geschriebenen verändert habe. Und ich muss gestehe, ich bin schon ein bissale Stolz auf mich. Aber auch höchst erstaunt, was ich da in ein paar Minuten verbrochen habe…nun, denn, auf geht's, lange genug herumgeschwafelt.

Shitty first Draft – Mindestsicherung

Das ist Bernhard. Bernhard hat seit seinem fünfzehnten Lebensjahr gearbeitet. Er wäre zwar nicht zu blöd für Matura gewesen, aber er wollte Geld verdienen. So ist er eben in die Lehre gegangen. Dann das übliche Pipapo. Dienst fürs Vaterland und nachher wieder hackeln. Bernhard wollte nicht ewig auf der Baustelle bleiben, jetzn ist er eben ins WIFI. Jeden Abend. Fünf Jahre lang. Und dann ging es aufwärts. Bernhard hat geheiratet, zwei Kinder gezeugt, eine Wohnung gekauft, Urlaub gemacht.

Dann hat sich Bernhards Firma ins Nirwana vertschüsst. Von heute auf morgen. Da war der Bernhard schon fast 45 Jahre alt und hat sich bescheidenen Wohlstand erwirtschaftet. Anfangs war er noch guter Dinge schnell wieder einen Arbeitsplatz zu finden. Nach zwei Jahren aber, war er auf einmal in der Mindestsicherung. Die Wohnung hat er ja behalten dürfen, aber das Auto, weil eines mit Stern vorne und nicht allzu alt, das war weg. Braucht er nicht als Mindestsicherungsbezieher. Außerdem lebt er eh in einer Großstadt. Da gibt's genug Öffis, falls er doch wieder eine Arbeit findet, was ned mal der Herr vom Amt glaubt.

Seine Hobbys kann er sich auch einpapierln und beim Wirtn untn am Eck kennens ihn auch nur mehr vom Vorbeigehen. Bernhard sagt immer: "Wird scho wieder" Aber abends, daheim, da schämt er sich. Für sich selbst. Und seine Kinder schämen sich auch. Für ihn, für sich selbst. Nicht so leicht, wenn man in der Oberstufe nicht mit den anderen mithalten kann, da ist man schnell das Wuzzelkind. Aber sie sagen, die paar Stunden Schule, das geht schon. Schlimm wird's dann, wenn die Klasse einen Ausflug macht. Es gibt zwar vom Elternverein einen Hilfsfonds, aber der Papa traut sich da nicht hin, schämt sich zu sehr. Dafür sind die Kinder im Ausreden erfinden echt kreativ geworden. „Der Papa ist krank", „ich mag das Skifahren eh ned", „der Arzt hats verboten".

Zu allem Überfluss werden die paar Netsch, die die Mama verdient, jetzt auch noch aufgerechnet. Jetzt habens noch weniger und Bernhard und seine Frau sind schon am Überlegen, ob sie nicht die Wohnung gegen eine kleinere tauschen sollen. Wegen der Betriebskosten. Das sagens natürlich niemandem so, da heißt es:"Weil die Kinder eh bald ausziehen!"

Manchmal, da könnt den Bernhard der Neid fressen. Nämlich dann, wenn ihm der Nachbar, ein Gummibärlibrausefabrikant, von seinen tollen Geschäften erzählt. Und wie er den Staat wieder übers Ohr gehauen hat...

Da ist mir dann die Zeit ausgegangen. Aber wie gesagt –
shitty first draft – unverändert, ungeschönt,
unkorrigiert...

Mit Marion Polaschek, Josef Gary Fuchsbauer, Josef
Hoppichler und Andi D.

(Foto: privat)

#longcontentwarning

Ihr Geschäft ist die Provokation. Zudem das Einzige, das sie wirklich beherrschen. Neben dem großen Mimimimi, das ihnen entfleucht, wenn sie auf ihre Provokationen angesprochen werden. Quasi der goldene Jammerlappen am schwarz-rot-güldenen Band.

Wirklich Konstruktives, Visionäres, Durchdachtes hört man von ihnen nicht. Ginge ja auch gar nicht. Weil es dem Wesen der Provokation innewohnt, dass sie immer wieder gesteigert werden muss. Die Dosis erhöhen, wie es schon Stefan Zweig formulierte, anno dunnemal. Das erlaubt nichts Konstruktives, nichts Visionäres und schon gar nicht etwas Durchdachtes.

Die immer und immer wieder erhöhte Dosis, ermöglicht es, vor Jahren noch als unsagbar, als undenkbar Geltendes, im sonntäglichen Krawallblattinterview zu sagen, den ÖsterreicherInnen quasi am Wochenendfrühstückstisch zu servieren, wo sicherlich manche wohlwollend nicken, zustimmend raunzen und dann in die Kirche entfleuchen um den Herrn um Vergebung der Sünden zu bitten. Herr, erbarme dich meiner, alle anderen sollen schauen wo sie bleiben.

Und, es kommt wie es kommen muss, schon während der sonntäglichen Nachmittagsruhe, der vermeintlichen, rauscht es zwar nicht im Blätterwald, weil der ja erst am Produzieren, für das montägliche Frühstück ist, aber im virtuellen Walde, dem Unblättrigen erhebt sich großes Wehklagen. Ja hat nicht der Bundespräsident eben dem Manne gesagt und hat nicht auch der Kanzler selbstpersönlich die Widerlichkeit, des salopp im Sonntagskrawallblattl zum Schlechtesten gegebenem, extra betont?

Und wir, die wir uns für die Anständigen, die Menschlichen wähnen, wir machen ihr Geschäft. Durchaus im doppeldeutigen Sinne, von "Geschäft machen", das große nämlich, das bräunliche Exkrement. Das wir, nach dem es den krawallblättrigen Lokus hinuntergespült wurde, nun von uns selbst an die Wände geschmiert wird. Immer mit dem Zusatz, dass das Exkrement ja so stinke, wie eben bräunliches Exkrement nun mal olfaktorisch seine Wirkung entfaltet. Wir verrichten ihr großes Geschäft, durchaus im guten Sinne, auch andere, eher Unbeteiligte oder unbeteiligt Zusehende, auf den Gestank des großen bräunlichen Geschäftes hinzuwiesen, sie daran zu erinnern, dass Scheiße nun mal stinkt. Und wir lassen sie stinken, verbreiten den Gestank noch mehr. Anstatt, um bei dem Bild zu bleiben, anstatt den Klospray zu nehmen und den Geruch, nachdem ihn nun jede und jeder wahrgenommen hat, mit lieblichem Blütenduft zu vertrieben. FCKW-frei, versteht sich von selbst.

Das ist metaphorisch das, was ich ganz weit oben meinte. Sie haben keine Ideen, keine Visionen. Sie haben nur ihren Gestank. Der Klospray, der müssen wir sein. Mit der Idee einer gerechteren, einer gesünderen, einer schöneren Welt für ALLE Menschen.

WO sind denn bitte ihre Antworten, auf die immer weiter auseinanderklaffende Schere zwischen Arm und Reich? Achja, da war was mit Eigentum erwerben, oder war das doch der Andere? Ich kann sie nur mehr in ganz feinen Nuancen unterscheiden. Vermögenssteuern sind ein No-Go, aber den Ärmsten auch noch ein paar Netsch und die letzte Würde nehmen, das ist okay?

WO sind den die Antworten auf den Klimawandel, außer Grönlandwein und Saharamüsli? Achja, der Anteil des Menschen ist ja vernächlässigbar!

Leistbares Wohnen, saubere Energie, weniger Verkehr, dazu hört man von denen genau garnix, weil man damit niemanden provozieren kann.

Fluchtursachen bekämpfen, ned die Menschen die vor der Scheiße davonlaufen, bringt keine Schlagzeilen.

Füllen wir all unsere Ideen in die (virtuelle) Klospraydose. Und jedesmal wenn wieder einer seine verbalen Exkremente ablädt, machen wir einfach....

....PFFFFFFFFFFFFFFFFFFFFFFFT....

(Foto: www.pixabay.com)

#longcontentwarning

Das wird wieder ein bissl länger. Und eigentlich, ja eigentlich schreib ich das alles jetzt nicht für euch. Ja, schon auch ein wenig, wenn ihr denn soviel Text lesen mögt. Wenn nicht, auch okay. Weil, im Grunde, schreib ich mir hier meinen Frust, meine Wut, meine Bestürzung von der Seele. Diese Wut, dieser Frust und diese Bestürzung, die in den letzten Tagen soviel Nahrung bekommen hat. Aber, in dem ganzen Wirrwarr von Negativem, da gab es auch Augenblicke in denen ich ein wenig Hoffnung und ein wenig Zuversicht gewonnen habe.

Worum gehts? Es ist ein Konglomerat aus drei Einzelereignissen der letzten Tage. Zum Ersten - die Aussage des jüngsten Altbundeskanzlers aller Zeiten, dass er sich über eine staatsimmanente Affäre nur aus aufgeschnappten Medienberichten informiert hat. Zum Zweiten - mein Posting von gestern, da wo es um den "kleinen Mann von der Straße" ging. Und zum Dritten - die wundervolle Wortspende des Bundespräsidenten, wir seien nicht so.

Ich hab ja auf mein Posting hinauf ein paar Nachrichten bekommen, alle so in dem Tenor: "Du bist ja gar kein Politiker!" Bin ich das nicht? Wann ist man PolitikerIn? Wo ist die Grenze? Ab wann setzt ein Mensch politische Handlungen, wo ist der Grenzbalken, der mich vom politischen Menschen zum Politiker macht? Die Frage kann ich selbst auch nicht erschöpfend beantworten, zumindest für mich nicht. Und für alle anderen schon garnicht. Bin ich bereits PolitikerIn wenn ich versuche Zustände, auch im Kleinen, zu verändern? Oder bin ich erst dann PolitikerIn wenn ich auch das kleine bisschen Gestaltungsmacht habe, Zustände tatsächlich zu verändern?

Ich stütze mich auf Zweiteres und dieses kleine Quäntchen Gestaltungsmacht habe ich. Sei es als Mitglied des Betriebsrates an der JKU, oder aber auch als Bundesvorsitzender der UGöd (Unabhängige GewerkschafterInnen im öffentlichen Dienst). Da kann ich sowohl Meinungen beeinflussen, Meinung machen (ein klein wenig) als auch Umstände ändern (auch ein klein wenig). Und ich kenne unzählige Menschen, die das auch können und machen. Sei es als GemeinderätInnen, sei es als BetriebsrätInnen und und und...

Eines ist all diesen Menschen und auch mir gemein. Wir machen dies alles mit Herzblut, Engagement, Ernsthaftigkeit und vor allem VIEL Zeit! In den meisten Fällen unentlohnt, abgesehen von kleineren Aufwandsentschädigungen und Sitzungsgeldern. Wenn man dies ernsthaft betreibt, egal ob in der Gemeinde oder im Betrieb, da wäre dann der Stundenlohn den man dafür bekommt, so eher in kicklschen Dimensionen. Was uns "Basiswappler" auch eint, ist der Wille, das Leben der Menschen besser zu machen.

Das würde ich eigentlich auch von den BerufspolitikerInnen erwarten. Von jenen, die ihren Lebensunterhalt als Poltikschaffende bestreiten. Und ich muss euch sagen, die meisten die ich kenne, das sind nicht wenige, die sehen ihren Beruf auch mehr als Berufung, denn als Broterwerb. Die legen dasselbe Herzblut, dasselbe Engagement und dieselbe Ernsthaftigkeit in das was sie tun.

Darum auch mein Ärger, meine Wut und meine Bestürzung darüber, dass einer der höchsten Repräsentanten dieses Landes, seinen "Job", seine Funktion so dermaßen schleissig und desinteressiert ausübt. Der lieber am Handy spielt, als den gewählten VolksvertrterInnen zuzuhören. Der seiner eigentlichen Kontrollinstanz lieber fernbleibt, als sich den Fragen der NationalrätInnen zu stellen. Und gestern habe ich mich eben furchtbar über sein Verhalten und seine Antworten im BVT-Untersuchungsausschuss geärgert. Gut, dass ich gestern nix mehr dazu geschrieben hab, das wäre unter Umständen dann eher ein Fall für die Gerichte geworden.

Genau dieses ignorante Benehmen, genau diese absolute Wuaschtigkeit des Herrn Altbundeskanzlers, prägt und formt das PolitikerInnenbild in der Öffentlichkeit und tut "der Politik" und den PolitikerInnen keinen Gefallen. So darf man sich nicht darüber wundern, dass viele schon nicht mehr wählen gehen und sich sagen "Scheiß drauf!"

Aber, um es mit den Worten Alexander Van der Bellens zu sagen: "So samma ned!" Viele Menschen in diesem Lande, egal ob StaatsbürgerIn oder nicht, engagieren sich im politischen Umfeld, in einer sehr extensiven Auslegung des Begriffes. Sei es in Vereinen, NGOs, Gewerkschaften, Betriebsräten, Parteien, BürgerInnenbewegungen und wasweißichnochalles.

Das Bild, das ein Herr Kurz oder aber auch ein Herr Strache von der Politik vermitteln, ist ein zutiefst destruktives, abgehobenes, machtgeiles. Wir alle müssen dran arbeiten und die Worte des Bundespräsidenten mit Leben erfüllen. "So samma ned!" Da sind nicht nur die BerufspoltikerInnen in die Pflicht genommen, sondern auch Medien. Was hindert eine Zeitung daran, jede Woche eineN ehrenamtlichen PolitikerIn vor den Vorhang zu ziehen. Aus einer kleinen Landgemeinde zum Beispiel. Da sind auch wir, die mit dem kleinen bissl Gestaltungsmacht in die Pflicht genommen (die wir im Übrigen meistens eh ÜBERerfüllen 😊;)) den Menschen zu zeigen, dass PolitikerIn nichts mit Candycrushspielen zu tun hat. Ich kenne SOOOOOO verdammt viele, die das schon tagtäglich machen und vermutlich - so wie ich - die letzten Tage ein bissl am Verzweifeln waren.

Gehen wir alle raus und zeigen den Menschen "SO SAMMA NED!"

Danke fürs bis hierher lesen! 😊;)

#longcontentwarningende #frustabbauende

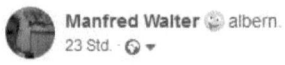

Manfred Walter 😊 albern.
23 Std. · 🌐 ▾

Wenn sich irgendein Politiker als "kleiner Mann von der Strasse" bezeichnen darf, dann wohl bittschön ich! Weil - 1,66 ist nicht groß, wie wir schon aus dem Schuh des Manitu wissen!

(Screenshot: privat)

#longcontentwarning

Wir leben in interessanten Zeiten. Für mich ein bissl zu interessant, das muss ich schon sagen. Bei all dem Wahnsinn der auf diesem Planeten geschieht, komme ich auf so allerlei eigenartige Gedanken. SEHR eigenartig...

Ich bin gestern draufgekommen, dass mein Wunsch, dann doch in den nächsten Jahren Grossvater zu werden, ein höchst egoistischer ist. Ja, ich würde gerne Opa genannt werden. Aber nur von Personen, denen dies auch zusteht. Ich möcht gerne mit meinem Enkerl die Welt neu entdecken. Mit den Augen eines Kindes. Ich würde gerne dabei sein, wenn das Enkerl zum ersten Mal Opa sagt. Ich möcht auch dabei sein, wenn es seine ersten Schritte macht. Ich möcht meinem Enkerl das Fahradfahren beibringen. Und noch so vieles mehr. Ich möcht auch, dass mein Enkerl, wenns denn dann pubertiert, mit mir auf Rockkonzerte geht und stolz zu seinen FreundInnen sagen kann: "Der Irre in der ersten Reihe, ja das ist mein Opa!"

Aber, der Wunsch ist ein höchst egoistischer. Jetzt mal abgesehen von der Lebensplanung meiner Kinder, abgesehen davon ob die überhaupt schon ein Kind wollen.

Wenn ich jetzt so ein bissl vorrechne, die Lebensplanung meiner Kinder mit einberechne, dann kommt mein Enkerl frühestens 2025, ich bin dann 57, zur Welt.

2031, ich bin dann 63, kommt es dann in die Schule. Wenn wir so weiter machen wie bisher, dann wird 2031 die durschnittliche Temperatur um 1,5-2 Grad gestiegen sein.

"Es werden die Risiken für die menschliche Ernährung, Wasserversorgung und Gesundheit bei einer globalen Erwärmung von 1,5 °C und mehr noch bei 2,0 °C zweiter zunehmen. So werden Erträge bei Mais, Reis und Weizen vor allem in Afrika südlich der Sahara, in Südostasien und Lateinamerika zurückgehen. Die Probleme bei der Wasserversorgung werden vor allem in den Trockengebieten schon bei einer Erwärmung um 1,5 °C kritisch zunehmen, aber nur halb so stark wie bei 2,0 °C. Die schon heute vorhandenen Gesundheitsrisiken durch den Klimawandel werden sich bei einer weiteren, wenn auch mäßigen Erwärmung ebenfalls verstärken. Insbesondere gilt das für hitzebedingte Risiken in städtischen Wärmeinseln, aber auch für vektorbedingte Erkrankungen wie Malaria und Denguefieber, deren Verbreitungsgebiete sich erweitern werden." (https://wiki.bildungsserver.de/klimaw.../index.php/2-Grad-Ziel)

2049 wird mein Enkerl dann hoffentlich maturieren, ich bin 81. Wenn wir nichts unternehmen, werden unter anderem folgende Dinge eintreten:

Der Meeresspiegel ist 2050 bereits um einen halben Meter angestiegen und könnte bis 2100 um 2 bis 3 Meter ansteigen.

Durch die Destabilisierung wichtiger Wind- und Meeresströmungen verändern sich Regen- und Trockenzeiten; Wetterextreme und aus sich ausbreitende Wüsten treffen praktisch alle Regionen der Erde.

Einige ärmere Gegenden der Erde, die keine künstlich gekühlten Lebensräume bereitstellen können, werden unbewohnbar.

Tödliche Hitze beherrscht Westafrika, die tropischen Regionen in Südamerika, Nahost und Südostasien an über 100 Tagen im Jahr und trägt dazu bei, dass über eine Milliarde Menschen aus den tropischen Gebieten ihre Heimat verlassen müssen. Für etwa zwei Milliarden Menschen in den am stärksten betroffenen Gebieten wird das Trinkwasser knapp. Landwirtschaft zu betreiben wird in den trockenen Subtropen unmöglich.

Zehn Prozent Bangladeschs stehen unter Wasser, was 15 Millionen Menschen vertreibt. (https://utopia.de/klimawandel-prognose-2050-142678/)

2060 wird es dann eine Familie haben, ich wäre dann 92 und wenn ich es erlebe Uropa. WENN wir es überleben!

Deswegen ist mein Wunsch, Opa zu werden, ein höchst egoistischer. Weil das Enkerl keine lebenswerte Welt vorfinden wird, wenn wir so weitermachen wie bisher!

#endofstory

Foto: www.pixabay.com

2. Januar 2020

#longcontentwarning

#wortezumjahresbeginn

Lange keinen Longcontent mehr geschrieben. Aber ich glaub zu Jahresbeginn ist ein guter Zeitpunkt dafür. Ein paar Gedanken zur Regierungsbildung. MEINE Gedanken gelle, das möcht ich auch gleich vorausschicken. Wenn also in der hoffentlich folgenden Diskussion Kritik geübt wird, dann bittschön "Du Manfred!" und ned "Ihr Grünen!"

Um es vorweg zu nehmen: ja, sie bleiben für mich, auch wenn jetzt eine Koalition mit den Grünen zustande kommt - vorbehaltlich der BuKo[28] Entscheidung - eine Schnöseltruppe. Daran wird sich nix ändern. Ein Blümel, ein Kurz, ein Nehammer sind und bleiben für mich ein Symbol eingebildeter elitärer Abgehobenheit.

Aber warum sollte man dann mit solchen Menschen reden oder gar regieren?

Alle die politisch aktiv sind wissen, es ist fast IMMER das Bohren harter Bretter. Es gibt nur wenige Dinge die wirklich flutschen ohne Widerstand, ohne große Diskussionen, auch wenn du dir selbst denkst, dass manches so simpel und so klar ist, dass es eigentlich

---

[28] BuKo – Bundeskongress der Grünen Österreich. Das formal höchste Gremium der Partei

keine Widersprüche und Gegenargumente geben dürfte. Und dennoch bekommst du dann, zum Teil echt absurde, Erwiderungen, Ablehnungen. Aber um was zu erreichen, musst du dich damit auseinandersetzen. Ich hab bittschön sogar schon mit einem Strache oder einem Kickl reden "dürfen" *hüstel*

Um einen Systemchange zu bewirken muss man einfach mal anfangen damit. Muss man es einfach mal versuchen. Ob es gut wird, das sieht man leider immer erst im Nachhinein, wenn die Folgen wirksam werden.

Ich weiß jetzt schon, ohne das detaillierte Programm zu kennen, dass da einige Dinge drinnen sein werden, die mir wahrscheinlich die Kabel platzen lassen, es werden aber auch Dinge drinnen sein, die mir ein "Jo mei" inklusive Schulterzucken entlocken und es werden Dinge drinnen sein, denen ich ungeteilt zustimmen werde können.

Die Gefahr, dass die Grünen - wie schon vorher andere Partner - von der türkisen Medienwalze zerdrückt werden, die ist da. Das kann und darf man nicht abstreiten, aber ein Werner Kogler, ein Rudi Anschober oder auch eine Sigi Maurer sind ja nicht erst seit gestern PolitikerInnen, da ist schon sehr viel Erfahrung und Wissen um die Machtspielchen vorhanden.

Den wirklich großen Vorteil an dieser Konstellation sehe ich schon alleine darin, dass die Schnöseligen nun gezwungen sein werden, echte Politik zu machen nicht bloß zu schauen wo sie die besten Headlines herbekommen. Grüne haben blöderweise die Angewohnheit, auch die Folgen und Nebeneffekte ihres politischen Handelns zu hinterfragen und zu analysieren. Was dreht sich alles mit, wenn ich an dem Schräubchen drehe? das musste die Kurzpartie bisher nicht, mit der FP ging das relativ einfach, eine reine Überschriftenplacebopolitik zu machen. Vielleicht setzt ein Lerneffekt ein, vielleicht auch nicht. Wenn mans ned versucht, dann weiß man es schlicht und einfach nicht. Vielleicht schmeißt auch der Kurz nach einiger Zeit entnervt das Handtuch und macht erstmal sein Studium fertig, weil er diese inhaltliche Arbeit einfach nicht leiden kann. Wer weiß? Vielleicht ändert sich ja auch der Ton in der politischen Kommunikation wenn hier versucht wird, sachlich und abseits von Polemiken zu regieren? Wer weiß...

Ich persönlich sehe diese mögliche Konstellation als durchaus machbar, als Chance etwas zu verändern und man sollte diese Möglichkeit nutzen.

Und es gibt vieles zu tun, das man mutig angehen sollte, das durchaus bisher nicht Angedachtes möglich machen könnte. Wir müssen unsere Art zu wirtschaften ändern. Das geht nicht von heute auf morgen. Wir müssen weg von der Abhängigkeit sehr vieler Wirtschaftszweige von der Automobilindustrie, von dieser automobilerotischen Beziehung hab ich vor kurzem mal geschrieben. Das geht, aber es geht sicher nur Schritt für Schritt, aber wir müssen JETZT damit beginnen. Die Digitalisierung der Produktionsprozesse kann da eine massive Unterstützung sein, wenn man sie auch zielgerichtet nutzt. Das nur als Beispiel, wenn ich jetzt detailliert anfangen würde, was nicht alles gemacht werden müsste, sollte, könnte, wirds ein #superlongcontent

Aber wie schon weiter oben geschrieben: fangen wir einfach mal an damit! Und weils mir ja immer noch so gefällt, was ich da dieser Tage schon desöfteren wo hinterlassen habe:

Ein bissl Wutlosigkeit und einen ordentlichen Mutanfall wünsche ich uns allen!

Prosit Neujahr! 😊 ;)

Jetzn mal ein bissl ausführlicher, weil das "aber du als Gewerkschafter, kannst doch nicht..." schon ein bissl zur Langspielplatte mit Kratzer wird...

Aber ich bin ja nicht nur Gewerkschafter, ich habe durchaus auch noch andere Lebensfunktionen!

Als Gewerkschafter und ehemaliger Arbeiterkammerrat schmerzt die Absenz von ArbeitnehmerInnenanliegen in dem Programm sehr. Da sind nur marginale Punkte, Überschriften und Willenserklärungen drinnen, die entweder gar nichts oder wenig verheißen.

Es liegt nun natürlich am Grünen Klub (vom Türkisen erwarte ich mir hier nicht allzu viel Engagement) UND den SozialpartnerInnen, den GewerkschafterInnen diese Überschriften mit Leben zu füllen. Es wird oft genug betont, dass der Dialog mit der Zivilgesellschaft und den SozialpartnerInnen gesucht werden wird.

Ich bin aber auch Vater von drei Kindern, denen ich wünsche dass MEINE Generation (Uweltsau, you know - WIR waren damit gemeint, nicht UNSERE Großeltern 😊;)) IHNEN eine lebenswerte Welt hinterlässt und da ist das Programm durchaus ambitioniert. Aber auch hier ist nun Aufgabe von Regierungsteam und Klub, hier viel Leben hineinzubringen.

Um kurz einen Rösselsprung zum ersten Absatz zu machen, ich bin auch öffentlich Bediensteter und auf diesen vielen Seiten sind durchaus Punkte, über die ich mich als solcher freue. Aber auch ebenso welche die mich SEHR ärgern. AMS als öffentliche Institution heraus aus dem Sozialressort zum Beispiel. Elne ausfürhliche Analyse des Programms wird in den nächsten Tagen auf der Seite der UGöd zu finden sein. Außerdem erwarte ich von einem "Beamtenchef" Werner Kogler mehr Gehör als von seinem Vorvorgänger, dem gestrauchelten King of Ibiza.

Was mich zum nächsten führt: ja ich freu mich auf eine Regierung OHNE Menschen aus dem burschen/mädelschaftlichem Millieu. NOCH lieber wäre mir eine Regierung aus rein progressiven Kräften, aber da gibts jetzt auch noch WählerInnen die das wollen müssen.

Es gibt noch mehr Punkte die mir sauer aufstossen, auf einen möchte ich noch eingehen, die Präventivhaft. Zu diesem Behufe copypaste ich aber nur etwas, das ich dieser Tage an anderer Stelle hingetextet habe:

ZITAT:"Bezüglich der im Regierungsprogramm festgehaltenen Präventivhaft, weils mir einfach keine Ruhe lässt.

Es steht ja laut und deutlich "verfassungs- und EMRKkonform" dabei...

Nur, die österreichische Verfassungsrealität lässt so ein Instrument nicht zu. Eine Verfassungsänderung in diese Richtung würde der VfGH schneller kippen als man "Kickl" sagen kann.

Verwahrung bei Gefährdung der eigenen bzw anderer Personen gibt es schon als Maßnahme. Bei konkretem Tatverdacht und/oder Verdunklungs- und Fluchtgefahr kann Untersuchungshaft verhängt werden.

Jetzt drängt sich mir schon der Verdacht auf, dass dieser Satz im Regierungsprogramm ein Placebo für die Rechtsrechtsausleger in der türkisen Wählerschaft (in dem Fall kein Gendern nötig) war. Peinlich, dass das die vielen JuristInnen in der ÖVP das zugelassen haben, blöd für die Grünen dass es drinnensteht."ZITATENDE

Das war auch schon (vorläufig) alles was ich zu sagen hätte...

Noch so ein paar Gedanken, die mir seit Tagen durch den Kopf geistern und wieder mal #longcontentwarning

Ausgangspunkt ist ein Zitat des Kanzlers ohne Lebenserfahrung: "Vieles von dem, was ich heute sage, ist vor drei Jahren noch massiv kritisiert und als rechtsradikal abgetan worden."

Ich kann seit ich politisch aktiv bin, eine Verschiebung des öffentlichen Diskurses nach rechts beobachten. Und das ist LAAAAAAAANGE, my funky friends! Ausgehend von den frühen 1980ern, als auch am Kontinent die Reaganomics und Thatcheristen angefangen haben, die öffentliche und veröffentlichte Meinung massiv zu beeinflussen, verschiebt sich dieses Spektrum. Wenn ihr selbst beobachtet und recherchiert werdet ihr feststellen, dass Dinge die in den 1980ern noch ganz selbstverständliche, selbstredende Forderungen der SozialdemokratInnen und Progressiven Parteien waren, heute als linksradikal, linksextrem klassifiziert werden.

Das Zitat des Kanzlers ohne Lebenserfahrung ist quasi der Beweis dafür, dass dieser Trend nicht aufgehört hat, ganz im Gegenteil, in den letzten Jahren hatte ich das Gefühl, dass sich die Spirale immer schneller dreht. Natürlich haben die asozialen Medien hier auch ihren Teil beigetragen.

Man kann hier nicht bloß den rechten Medien und den neoliberalen Thinktanks eine Schuld zuweisen. Ursächlich sicher, die haben damit begonnen, mit allen verfügbaren Mitteln gegen eine Solidargesellschaft zu mobilisieren. Leider sind auch - europaweit - SozialdemokratInnen auf diesen Zug mit aufgesprungen, ich erinnere an "New Labour" von Blair und Konsorten und auch Teile der Grünen haben sich in dieses Fahrwasser ziehen lassen. Zudem haben Linke und Progressive Kräfte auf massentaugliche Medien verzichtet. Ich bin heute noch der Ansicht, dass die Aufgabe der "Arbeiterzeitung" einer der größten strategischen Fehler gewesen ist.

Ergebnis ist, dass der öffentliche und veröffentlichte Mainstream zur Zeit derart rechts, nationalistisch und wirtschaftsliberal ist wie noch nie zuvor in meiner kurzen Lebensspanne. Diese "neoliberale Gehirnwäsche" wie sie Konstantin Wecker einmal benannt hat, die nun seit 40 Jahren anhält, kann nicht von einem Tag auf den anderen umgedreht werden.

AAAAABER, und ich versuche das nun ohne parteipolitische Brille zu sehen, aaaaaber JETZT haben wir die Möglichkeit diese Spirale zumindest einmal zum Stillstand zu bringen, wieder andere Themen, andere Meinungen, andere signifikante Linien zu publizieren und zu pushen. Wird nicht leicht werden, weil der Kanzler ohne Lebenserfahrung, der ja nur "ÖVP gelernt hat", auch weiter auf die Themen setzen wird, wo ihm der Applaus der Medien und des Boulevards (absichtlich getrennt erwähnt) sicher ist. Als Teil einer

Regierung bekommt man mehr Aufmerksamkeit, mehr Platz in den Medien. Aber wie schon erwähnt, wird sicher nicht leicht werden, man braucht sich nur die Eigentumsverhältnisse der Leitmedien ansehen, da kann einem schon schiach werden, im Endeffekt hat überall der Kurz-Spezi Benkö die Finger drinnen.

Dennoch, Optimist der ich bin, glaube ich, dass mit großen Anstrengungen diese rechte, nationalistische und wirtschaftsliberale Dauerbeschallung gebremst, im besten Fall sogar zum Stillstand gebracht werden kann. Das, so denke ich, sollte man auch als Chance in Betracht ziehen!

Das war auch schon wieder alles was ich zu sagen hätte...

PS: Das ist jetzt KEIN Aufruf, alles was in diesem Programm steht kritiklos hinzunehmen, nicht falsch verstehen bitte...

BILD: www.pixabay.com

22. Februar 2020

#longcontentwarning

Weils mich wieder mal nervt, das Gesumse vom kindlichen Kanzler[29], dem Großmeister der Hohlphraseologie, vom "nix ins System eingezahlt". Ja ausnahmsweise mal nichts mit Ausland, Migration oder ähnlichem, wobei - hängt eh alles immer irgendwie zsamm.

Wie gesagt, die hohle Phrase vom "nix ins System eingezahlt". Entweder hat er keine Ahnung davon, wie die Steuerlast verteilt ist, dann ist er als Kanzler ungeeignet, oder er weiß es und sagt wider besseren Wissens die Unwahrheit, dann ist er als Kanzler ungeeignet.

Faktum ist: JEDE und JEDER zahlt "ins System ein" in Österreich. Kaufst dir ein Seiterl oder eine Wurschdsemmel, ZACK, eh es du dir versiehst, hast du ins System eingezahlt. In Form von Mehrwertsteuer. Wie auf untenstehender Grafik ziemlich klar ersichtlich, ein nicht unerheblicher Anteil an den Staatseinnahmen. Und den zahlt JEDE und JEDER, außer du ernährst dich von Luft und Liebe. Aber da ist mir jetzt

---

[29] Mein neuer Spitzname für Sebastian Kurz. Hat ihm angeblich nicht so sehr gefallen, teilte man mir mit. Interessant mit was sich der alles auseinandersetzt

niemand bekannt, der das auf längere Sicht überlebt hat.

Wenn also der KK (kindliche Kanzler) vom "ins System einzahlen" redet, dann rechnet er (ganz bewusst?) NUR die Lohn- und Einkommenssteuern und es gibt tatsächlich Menschen in Österreich, die so wenig Salär für ihre Leistung bekommen, dass sie diese Form der Abgabe eben NICHT zahlen.

Dabei stellt gerade die Mehrwertsteuer für Menschen, die keine Lohnsteuer zahlen im Verhältnis zum gesamt verfügbaren Budget einen nicht mal so kleinen Anteil dar.

Nur schnell mal als Beispiel: Selbst bei sparsamer Lebensweise komm ich beim wöchentlichen Einkauf auf so 70-100 Euro. Da ist jetzt alles eingerechnet. Lebensmittel, Hygieneartikel und so weiter und so fort. Damit bezahle ich schon mal 7-10 Euro "ins System ein". Das sind bei der schon viel zu oft gequälten und zitierten Billa-Kassierin, die einen guten 1000er netto hat bis zu einem Prozent ihres Monatseinkommens. Wöchentlich wohlgemerkt, aufs Monat berechnet sind es 4%. Wenn ich jetzt alle Fixkosten - Miete und den ganzen Schmonzens - rausrechne und großzügig bin, dann komm ich auf ein frei verfügbares Börserl von sagma 300 Euro. Da ist die Mehrwertssteuerlast der Betreffenden aber dann schon bei 9-13% des frei verfügbaren Budgets. Des is ned nix!!!

Und selbst wenn ich Mindestsicherung beziehe, zahle ich einen nicht zu unterschätzenden Teil meines Budgets wieder ins Staatssäckel zurück.

Es gibt aber tatsächlich (juristische) Personen, die NICHTS ins System einzahlen. Oder, gemessen an ihren Möglichkeiten sehr wenig ins System einzahlen. Multinationale Konzerne, Stiftungen, Vermögende, Erben.
Und ich red da ned vom Nachbarn, der die renovierungsbedürftige Hütte von der Jeti-Tant geerbt hat, nur um Missverständnissen vorzubeugen. Ich red auch ned von KleinunternhemerInnen, EPUs die auch jeden Cent den sie einnehmen brav versteuern. Weil das wird ja auch immer ganz gerne vermengt vom KK. Damit sich bei den Worten Vermögens- und Erbschaftssteuern gleich jedeR mitbetroffen fühlt. Lasst euch da keinen Bären aufbinden.

Es gibt sie, die nichts oder nur wenig "ins System" einzahlen, aber das sind NICHT die AsylwerberInnen, das sind NICHT die MindessicherungsbezieherInnen, das sind NICHT die GeringverdienerInnen.

Aber das sagt er ned der kindliche Kanzler. Entweder weil er es ned weiß, dann ist er als Kanzler ungeeignet.
Oder weil er es bewusst verschweigt, dann ist er als Kanzler ungeeignet.

Fotos: A&W Blog, DerStandard (https://awblog.at/.../upl.../2019/01/awblog-190114-

vermogen2.png,
https://www.derstandard.at/…/warum-esin-
oesterreich-so-schw…)

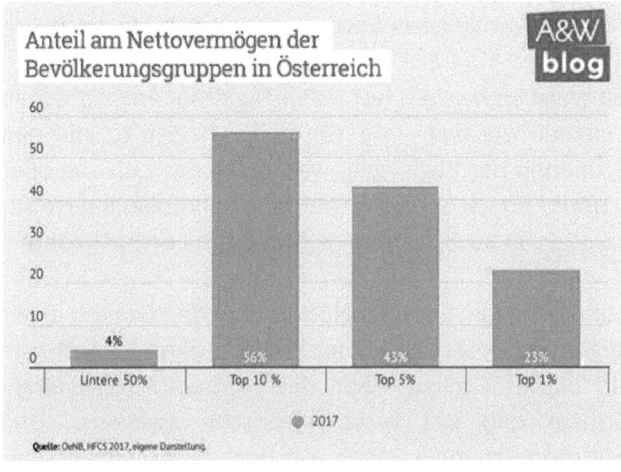

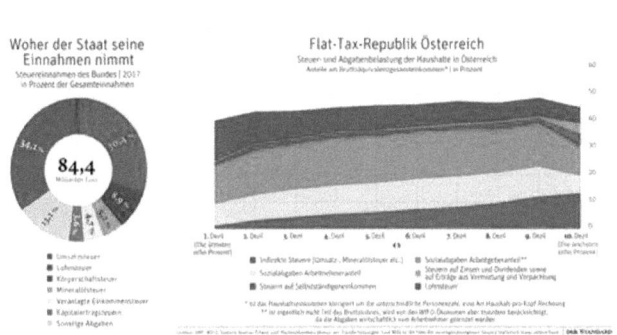

#longcontentwarning

Weil, genug ist genug! Oder wie es ein verhinderter Prediger vor längerer Zeit mal gesagt hat: "Es reicht!"[30]

Ich werd inzwischen fast jeden Tag drauf angesprochen - virtuell wie real - wie ICH es den halten tu, mit den Grünen in der Regierung, warum ich dazu nix sag oder schreib, ob ich Sprechverbot hätt (ein Kollege gestern) ob es denn auch schon eine Messätschcontrol gäbate?

Auf die Frage: "Bist jetzt glücklich mit den Grünen in der Regierung?", sag ich immer "NEIN"...dann kommt kurz ein blödes Gschau, dann der vermeintlich wissende Grinser und das verschwörerische Zwinkern. Und während sich mein Gegenüber noch sakrisch freut über seinen Treffer, hole ich schon zum rethorischen Gegenschlag aus und pfeffer ihm ein: "Glück ist keine politische Kategorie!" Dankbarkeit im Übrigen auch nicht, aber das ist eine andere Geschichte.

Abgesehen von der fehlenden Kategorisierungsmöglichkeit, nein glücklich bin ich damit nicht und zufrieden auch nur bedingt. Aber wie singt der sehr geschätzte Herr Doktor Kurt Ostbahn so

---

[30] ÖVP Vizekanzler Wilhelm Molterer als er die SPÖ-ÖVP Regierung auflöste

richtig im Lied "Nochsaison" - "wias hoid is im Lebm, ma kau ned ollas hom!"

Wie oft hab ich die SPÖ und ihre MandatarInnen und FunktionärInnen belächelt für ihr "ohne uns wäre alles noch ganz viel oag schlimmer gekommen" und merke nun, dass ich auch immer wieder in diese Phrase flüchte. Wobei schon anzumerken wäre, das wurde als Kanzlerpartei gesagt. Aber, seis wies sei, ein bissl helfen tuts immer, vor allem mir selbst, zu sagen, anders wäre es schlimmer.

Immerhin bekommen wir den täglichen Ein-Zell-Fall nicht mehr von der Regierungsbank aus serviert. Dass sich die Jünger des kindlichen Kanzlers (noch) nicht vom Hohlphrasenbingo haben lösen können, das ist ja jetzn nicht direkt ein grünes Problem, aber auf Dauer werden das die Türkislinge nicht durchhalten können, hoffe ich zumindest. Alleine dieser Unterschied in den letzten Tagen wenn man sich die Interviews im TeeVau angschaut hat. Ein Rudi Anschober ganz ruhig und sachlich und dann Karl the Ne"HAMMER" der mit aller Härte gegen das Virus agieren will. Öhem, öhem... Will er allen GrenzerInnen ein kleines (Ne)Hämmerchen geben, dass man dann auf die Viren einhauen kann? Aber wie gesagt, meine Hoffnung ist, dass sich die Hohlphraseologie auf Dauer nicht halten lässt und auch die VP MinisterInnen und MandatarInnen sich wieder auf ernsthaftes Politschaffen konzentrieren.

Immerhin wird einiges unternommen um das Klima und damit UNS Menschen zu schützen. Das wäre in anderer

Konstellation überhaupt nicht möglich gewesen (ihr seht, schon wieder ein "ohne uns warate es noch viel viel oag ärger", sorry dafür, wird aber sicher noch das eine oder andere Mal kommen). Ich bin da jetzn kein Experte aber ich vertraue da schon drauf, dass die Massnahmen die da von Leonore Gewessler und Ihrem Team ergriffen werden Sinn machen.

Die Kündigung der Verträge mit den NGOs finde ich heftig Scheisse, aber ich bin dennoch der Meinung, dass die Adressaten der Kritik nur bedingt die Grünen sein können, weil beschlossen wurde es noch von der mit einem berechtigten Misstrauensantrag aus dem Amt entfernten Regierung und war nicht mehr herauszuverhandeln. Aber, immerhin - eh schon wissen: "ohne uns" - ein paar Dinge wurde hineinreklamiert, aber auf die geht der Georg Bürstmayr genauer ein. Dennoch krieg ich Magenstechen dabei...

Was mir auch Magenkrämpfe beschert hat, war zum Beispiel die Beibehaltung der 12/60 Stunden Regelung. Aus vielerlei Gründen die ich vielleicht mal in einem anderen Beitrag ausführen möcht. Weils auf SOOOOOOO vielen Ebenen Schwachsinn ist. Wo es mir allerdings die Haare aufstellt ist dann bei der Reaktion so mancher Leutels die jetzt die Grünen als "ArbeitnehmerInnenverräter" und ähnliches benameln. Leute, die ich zum einen für stilvoller und zum anderen des differenzierenden Denkens für fähig gehalten hätte. Die Grünen sind und waren NIE die klassische "ArbeiterInnenpartei" und werden es auch nie sein.

Jetzt da polemisch auf die Abgeordneten loszupecken halte ich halt für den falschen Weg. Die Energie wäre vielleicht besser investiert klassische ArbeitnehmerInnenthemen stärker zur Geltung zu bringen. Innerhalb und außerhalb des Parlaments und auch mit Kritik nonaned, aber die sollte schon fundiert sein und sich ned auf "VERRÄTER" beschränken.

Langer Rede kurzer Sinn:
Bin ich glücklich? NEIN
Bin ich zufrieden? JEIN!
Aber allemal besser als die andere im Raum stehende Variante! (Schon wieder, tztztztztz)

Soderna, wer es bis hierher geschafft hat, darf sich einen Spritzwein auf eigene Kosten holen! Es gäbe noch SOOOOOO viel dazu zu sagen und schreiben, aber ich will ja da jetzt keinen Roman verfassen. Ich werd den Kurz auch weiterhin den "kindlichen Kanzler" nennen, ich werd die Partie auch weiterhin für verschnöselt halten. Aber es ist so wie es ist, machma das Beste draus!

Foto: www.pixabay.com

#longcontentwarning

Wenn meinereiner da so quarántiniert, dann hat meinereiner auch viel Zeit zum Denken, Sinnieren und so weiter und so fort. Und da gabat es ein paar Dinge, die ich in meiner Einsiedelei niederschreiben möcht.

▶Mich irritieren diese "Best Basti" Memes die da jetzt die letzten Tage herumgeistern. Sie irritieren mich zutiefst. Meine Meinung über den kindlichen Kanzler hat sich nicht geändert, ich halte ihn immer noch für einen Menschen, der nicht hingehört wo er jetzt ist. Woher also diese massive Meinungsänderung bei manchen hier in meiner Friendlist? Dass der junge Mann ein guter Kommunikator ist, rein technisch gesehen, das hamma eh gewusst. Nur hat er, für mein Empfinden und das vieler meiner FreundInnen, bisher nur hohles Blabla von sich gegeben. JETZT füllt er sein technisches Können mit Inhalten, mit Inhalten die ihm andere vorgeben. Inhalte die ihm ExpertInnen vermitteln, die er von Menschen aufgeschrieben bekommt, die sich mit der Materie wirklich auskennen. Das macht ihn für mich jetzt nicht zum Superbasti oder zum "Best Man" wie manche posten. Er macht nur seinen gottverdammten Job und den macht er im Moment gut, das muss ich gestehen. Und natürlich ist er als Kanzler derjenige der als Erster vor die Medien tritt. Aber wie gesagt, zum Superbasti macht ihn das jetzn für mich nicht.

Ich bin auch - positiv - überrascht von Karl Nehammer. Mäßigung in der Wortwahl, kontrolliertes Auftreten. Gut, über Rudi Anschober muss ich da jetzn kein Wort verlieren, DER ist für mich der wahre Hero im ganzen Regierungsteam. Ruhig, besonnen, sachlich, faktenorientiert.

►Die Maßnahmen die gesetzt werden, halte ich grundsätzlich für sehr vernünftig und einleuchtend, logisch nachvollziehbar. Ob sie zu früh, zu spät, zu massiv, zu wenig sind, das traue ich mich nicht zu beurteilen, ich muss mich da auf die Meinung der ExpertInnen verlassen. Faktum ist aber, dass Dinge wie sie in Ischgl passiert sind, nachdem wir das jetzn alles überstanden haben, auf jeden Fall untersucht werden müssen, vor allem die politische Verantwortung.

Natürlich bedeuten diese Massnahmen für fast alle von uns massive Einschränkungen der persönlichen Freiheit. Der Großteil der Menschen hier im Lande sind auch bereit das hinzunehmen. Passen wir aber bitte auch ALLE auf, dass wir diese Freiheiten NACH der Gschicht wieder vollumfänglich zurückerhalten. Ich halte nix von den Verschwörungsschwurblern, die im Moment den autoritären Staat heraufziehen sehen und die Quarantäne als Probelauf für die Diktatur sehen, bin aber voll bei den KritikerInnen und aufmerksamen BeobachterInnen, die uns Wachsamkeit empfehlen.

► Ich leb ja so ein bissl das was der Leo Bei dem sehr geschätzten Herrn Doktor Kurt Ostbahn andichtet: "Glaubt an das Gute im Menschen, verkörpert es aber nicht!"

Deswegen glaube und hoffe ich an die Lernfähigkeit der Menschen, vor allem jener in politischer Verantwortung. Das Credo vom schlanken Staat, der mehr Privates und weniger Kommunales braucht, führt sich dieser Tage selbst ad absurdum. JETZT wird auf einmal die Wichtigkeit all jener Bereiche von jenen Menschen betont, die genau diese Bereiche in den letzten Jahren und Jahrzehnten finanziell ausgehungert haben. Jene Menschen die auch die Grundversorgung den Regeln des freien Marktes unterwerfen wollten, sehen jetzt hoffentlich ein, dass der Markt eben NICHT alles regeln kann und vor allem NICHT regeln soll. Wir brauchen einen starken, solidarischen, kooperativen Staat!

Falls es der kindliche Kanzler und seine Truppe NACH überstandener Krise wieder vergessen, überlegen wir uns ein paar nette Mittelchen wie wir sie wieder dran erinnern würd ich sagen.

▶Das geht jetzt fast nahtlos vom letzten Absatz über: JETZT sehen wir, wer die wahren LeistungsträgerInnen dieser Gesellschaft sind. Jene Menschen die das Werkl am Laufen halten, oftmals unter gewaltigen Risiken die eigene Gesundheit betreffend. Ich mag die Personengruppen jetzt nicht aufzählen, weil ich einfach zu viel Angst habe jemanden zu vergessen.

Aber ein Zitat, die Pflegenden betreffend von der lieben Julienne Hartig möcht ich euch nicht vorenthalten:

"Jetzt betteln alle, dass die Pflege durchhalten soll. Als die Pflege bettelte, hat keiner hingehört!"

Ich erwarte mir hier von den Verantwortlichen auch eine adäquate Reaktion aber das Pronto! Bessere Ausstattung, bessere Arbeitsbedingungen, bessere Bezahlung, mehr Ressourcen, und und und...ansonsten, siehe einen Absatz weiter oben: überlegen wir uns ein paar nette Mittelchen um die Erinnerung aufzufrischen.

▶Die Einsiedelei ist fordernd, psychisch anstrengend, das versteh ich schon und gerade wenn mehrere Personen auf engstem Raum aufeinanderpicken müssen zur Zeit, die das in dieser Intensität vielleicht gar nicht gewöhnt sind, die das ziemlich fertig macht. Beobachtet euch selbst genau, bevors zum Lagerkoller kommt hilft manchmal eine Runde spazieren, wenns garned geht, dann gibts Hotlines an die man sich wenden kann. Überlegt euch, was euch hilft beim Entspannen, ein paar nützliche Tips habe ich gestern gepostet.   😊 ;)
Aber - Passts auf auf euch!

Das Gleiche gilt auch im Umgang miteinander in den (a)sozialen Netzen. Was ich da die letzten Tage so alles zu Aug bekommen hab, von Menschen denen ich eine gewisse Grundintelligenz zugemutet hab, das hat mir die Sprache verschlagen. Da werden Leute niedergepflaumt, weil sie diese Rahmen "bleib daham" und ähnliches verwenden, da werden Hilfsangebote - die ja niemand annehmen muss, wenn man ned will - mit Vorstufen der Selektion verglichen, da werden

Leute weil sie schnell mal auf die Straße gehen gleich mal angeprangert. Jo, gehts noch? Ich glaube an die Grundvernunft der Menschen (ich weiß, hoffnungsvoller Optimist) und es wird sicher Jede und Jeder gute Gründe haben, warum das Haus, die Wohnung verlassen wird.

Also, ein bissl zurücklehnen, sich nicht immer gleich persönlich angesprochen fühlen und entspannen!

▶Das wärs auch schon gewesen in aller Kürze, wobei - die meisten von euch haben jetzt eh viel Zeit zum Lesen. *ggg* Das eine oder andere fällt mir sicher dieser Tage noch ein. 😊;)

Oisdaun: Passts auf, seids vuasichtig, lossts eich nix gfoin und vor allem: Bleibts Gsund!

(Fotos: privat)

2. April 2020

Soderna, das wird ein bissl länger und auch ein bissl emotionaler, persönlicher. Aber es gibt ein paar Dinge die ich mir grad von der Seele schreiben MUSS!

Es gibt zur Zeit ein paar Begrifflichkeiten, die mich ein bissle irritieren. Zu dem einen oder anderen hab ich eh auch schon mal ein paar Worte verloren, aber der Vollständigkeit halber…

Da wäre mal zum Einen dieses „social distancing". Das drückt irgendwie das Falsche aus. Wir sollen uns nicht asozialisieren, ganz im Gegenteil. So vom Gfühl und vom Herz her sollten wir zusammenrücken. Aber uns halt dabei körperlich fernbleiben. Also physical distancing aber dafür social ganzfestumarming! 😊 ;)

Dann dieses Wiederauferstehungsdings. Echt jetzt? Ich mein, wir sind weder Jesus noch gstorbn, so als Menschheit halt. Da müssma auch nicht Wiederauferstehen. Wir müssen nur das massiv runtergebremste Werkl nachher wieder flott bekommen. Wobei ich beim Flottbekommen ja doch hoffe, dass wir was gelernt haben aus der ganzen Gschicht. Wer denn nun wirklich die LeistungsträgerInnen sind zum Beispiel. Aber das wird mal eine eigene Geschichte werden, wo ich mich mit der Frage „Was kommt danach" beschäftige.

Und zum Dritten, dieser „Nationale Schulterschluss". Ich zuck ja für gewöhnlich schon bei „national" gehörig zsamm, weil das so ganz und gar ned mein Ding ist. „Nationaler Schulterschluss" hat dann gleich auch noch ein bissl was von „Volksgemeinschaft". Wobei dann ja grundsätzlich die Frage erlaubt sei: muss denn die ganze Rethorik SOOOOO martialisch sein? Krieg gegen das Virus, Kampf gegen das Virus und und und…. Also mir persönlich würde ja ein einfaches #zsammhalten schon genügen, das hat auch was heimeligeres, findet ihr nicht?

Besondere Sorgen machen mir aber die Vorgänge so rund um diesen Schulterschluss, den amtlich verordneten. Weil, ich kann es schon verstehen, dass manche Grundrechte derzeit außer Kraft gesetzt werden, weils Sinn macht, nur als Beispiel sei das Versammlungsverbot angeführt. Mir fielen auf die Gaache schon ein paar Dinge ein, wegen derer es sich JETZT lohnen würde auf die Straße zu gehen. Dürfma aber, wie gesagt sinnigerweise, im Moment nicht.

Ich verstehe diese Dinge, ich kann sie nachvollziehen, aber dennoch werde ich hellhörig und vorsichtig. Ich brauch ja nur mein Auge über die Grenze werfen, da sieht man eh sehr schön was passieren kann, wenn unsereins eben nicht hellhörig und vorsichtig ist. In Ungarn wäre ich jetzt nur ungern! Und damit das nicht passiert, simma eben a bissl vorsichtig und passen auf unsere Grundrechte auf.

Was mich aber echt verwundert und teilweise wirklich ängstlich macht, das sind jene Menschen – wohlgemerkt an allen Ecken und Enden des politischen Spektrums – die nun absolut kritiklos und fast euphorisch alles hinnehmen was an Maßnahmen verkündet wird (die ich – ich betone nochmals – für durchaus gerechtfertigt und maßvoll empfinde) und jedeN, die/der auch nur den leisesten Hauch an Kritik daran übt, die/der auch nur ein bissl vorsichtig und hellhörig ist, gleich mal verbal zur Sau machen. Gleich mal über die Person herfallen, sie sei hier nun nicht solidarisch, sie sei asozial. HEASD!!!!

Ich werd SICHER NIE dem Sanktsebastianjubelverein angehören, ich werd NIE kritiklos und unhinterfragt alles hinnehmen was sich Legislativ- und Exekutivorgane so ausbaldowern. Ja, ich füge mich den Anordnungen die zur Zeit herausgegeben werden, weil ich sie als sinnvoll erachte, aber ich werde sie dennoch immer hinterfragen. Deswegen bin ich ja jetzn ned asozial. Auf einmal nämlich. Asozial von Menschen genannt, die vor einigen Wochen noch schwere Gegner des Sanktsebastianjubelvereins waren! So schnell kanns nämlich dann gehen, dass unsere Kinder nimmer in den Geschichtsbüchern nachlesen müssen, wie das denn möglich war in den 1930ern, sie können es live und in Farbe miterleben! Vorsichtig bleiben, kritisch bleiben, aber auch solidarisch bleiben! Das geht sich alles aus!

Langer Rede, kurzer Sinn: #zsammhalten – JA, auf jeden Fall – „Nationaler Schulterschluss" – Öhm, NÖ!

(Foto: privat)

Meinereiner würde ja den hashtag #longcontentwarning davorsetzen. Was ja auch passen würde, weil eh einiges davon aus meiner virtuellen Feder.

Wir von der UGöd haben uns ein paar Gedanken gemacht, die der Neustart aussehen könnte, so im Großen und Ganzen. Prädikat: lesenswert!

Vollbremsung.

Viele Staaten haben aufgrund der Leitlinie, dass der Schutz des Lebens über alle anderen Prämissen zu stellen ist, einen Lockdown vollzogen, den es in der Geschichte der Menschheit noch nicht gegeben hat. Um es ein bisschen salopper zu formulieren: Man hat eine Vollbremsung von 140 auf Schrittgeschwindigkeit hingelegt.

Chance auf besseren Neustart

Nun gilt es die Welt wieder neu zu starten, wieder so etwas wie Normalität einkehren zu lassen. Und doch stellt sich die Frage, wollen wir wirklich zurück zu den Gewohnheiten VOR Corona? Haben wir nicht erkannt, dass unsere Art zu leben auf Dauer nicht tragbar ist - weder für die Menschen, noch für die Welt, auf der wir leben? Wir benötigen dringend eine vollkommene Neugestaltung unseres Wertekatalogs. Wir müssen eine innere menschliche Revolution hin zu einer

Akzeptanz der Unantastbarkeit des menschlichen Lebens und des Respekts vor der Natur vollziehen (Stefan Schön, Die Lehre aus der Krise).

Jetzt wäre die Möglichkeit den „Restart" anders zu gestalten und neue an Stelle unserer gewohnten Wege zu gehen. Unsere Kinder und Kindeskinder werden es uns danken!

Wirtschaft: Ungerecht & instabil

Die Corona-Krise und die Folgen des Lockdowns haben uns aber auch gezeigt, dass die Wirtschaftskreisläufe ein höchst fragiles Gebilde sind, die bei geringsten Erschütterungen wie ein Kartenhaus in sich zusammenzufallen. Die massiven Ungleichheiten bei der Vermögensverteilung gefährden den sozialen Frieden. Ebenso muss Arbeit neu verteilt werden. Während manche Bereiche sprichwörtlich in Arbeit ersticken, herrscht in anderen Bereichen ein unwürdiger, unmenschlicher Verdrängungswettbewerb.

UGÖD: 30-Stunden-Woche! Kollektivverträge für alle!

Verdrängungswettbewerb bedeutet für die Betroffenen massiven Stress! Stress gefährdet die menschliche Gesundheit, daher fordern wir die Abschaffung der 60-Stunden-Woche und des 12-Stunden-Tages. Es ist höchste Zeit, eine wirkungsvolle und ökonomisch sinnvolle Arbeitszeitverkürzung auf 30 Stunden bei vollem Lohnausgleich sowie die Einführung der sechsten Urlaubswoche umzusetzen. Des Weiteren muss es endlich in ALLEN Branchen Kollektivverträge geben.

UGÖD: Mehr AMS-Geld! Leistbare Mieten!

Was uns die Corona-Krise auch gezeigt hat ist, dass unsere Nettoersatzrate im Falle der Arbeitslosigkeit viel zu niedrig ist. In Wien beispielsweise wenden viele Menschen über 50% ihres Erwerbseinkommens für das Grundbedürfnis Wohnen auf. Bei einer Nettoersatzrate von 55% ist das Leben nicht mehr leistbar. Daraus ergeben sich zwei weitere nachvollziehbare Forderungen:

Zum Einen fordern wir eine Erhöhung der Nettoersatzrate beim Arbeitslosengeld auf 80% des Durchschnitts des Einkommens während der letzten 3 Monate der Beschäftigung vor Arbeitslosigkeit (Notstandshilfe 75%).

Und zum anderen brauchen wir unbedingt eine Mietenreform und sozialen und umweltschonenden Wohnbau. Die Sanierung alter Stadt- oder Dorfzentren muss Aufgabe des Gemeinwesens sein! Wir fordern Mieten, die sich alle Menschen leisten können.

UGÖD: Menschen mit Niedriglöhnen bilden & fördern!

Die Gefährdung durch das Corona-Virus und den darauf folgenden Lockdown unseres gesellschaftlichen Lebens haben die Defizite unserer Art zu wirtschaften und zu arbeiten auf dramatische Weise aufgezeigt. Defizite für die Umwelt, für die Ökonomie und schlussendlich für jeden einzelnen Menschen.

Um die Lebensqualität unserer Mitmenschen zu steigern und die prekäre Beschäftigung gänzlich aus unserem Leben zu verdrängen, müssen Menschen in Niedriglohnberufen mit kostenlosen Bildungsangeboten gefördert werden. Damit verbunden ist auch die Verbesserung der sozialrechtlichen Stellung von Ein-Personen-Unternehmen.

Regionale Kleinbetriebe unterstützen!

Die Sozialpartner müssen die Aufwertung der Arbeitskraft in die Einkommensentwicklung und Arbeitsbedingungen der nächsten Jahre als Ziel anstreben! Die Kontrollen durch Arbeitsinspektorate sind auszubauen und durch angemessene Strafen bis hin zum Gewerbeverbot muss Schwarzarbeit endlich unattraktiv oder in neuer Form legal gemacht werden. Es darf nicht sein, dass einige Unternehmer*innen durch ihr Handeln den Ruf ganzer Branchen ruinieren. Dies mag für Gewerkschafter*innen ein wenig ungewöhnlich klingen, aber die Krise hat uns gezeigt, dass das Rückgrat der inländischen Wirtschaft die Klein- und Mittelbetriebe darstellen. Ein großer Teil dieser Unternehmen kommt ihrer Fürsorgepflicht gegenüber den Mitarbeiter*innen sehr verantwortungsvoll nach.

Frauen: Gleiche Rechte, Verträge, Löhne!

Selbstverständlich sind faire Löhne und Arbeitsbedingungen für Frauen im Erwerbsleben ein Kernpunkt unserer Forderungen. Unsere zahlreichen frauenpolitischen Forderungen findet ihr hier im Detail. https://www.ugoed.at/nachdenkliches-zum-weltfrauentag2020/

UGÖD: Gesetze und Wirtschaft für das Gemeinwohl!

Was uns die Krise auch eindringlich vermittelt hat ist, dass der Markt bei weitem nicht alles regeln kann, wie uns seit Jahren von wirtschaftsliberalen Kreisen weisgemacht wird. Ganz im Gegenteil: bei jeder ökonomischen Krise ruft „der Markt" nach der Gemeinschaft, die darauf folgend in einer gemeinsamen Anstrengung die Schieflage wieder beseitigen soll.

Um nicht wieder zu diesem Muster zurück zu kehren – ähnlich wie nach der Bankenkrise 2008 – fordern wir ein Umschwenken in der Wirtschaftspolitik vom profitorientierten Marktdiktat hin zu einer dem Gemeinwohl verpflichteten Wirtschaftsgesetzgebung.

Fordern wir, dass der Staat in eine sozial-ökonomische-ökologische Transformation unserer Wirtschaft investieren muss. Dies ist national wie auch EU-weit möglich, auch wenn wir in einigen Bereichen als Vorreiter*innen auftreten müssen. Biodiversität und Roadmaps zur Dekarbonisierung müssen hier ebenso entwickelt werden wie Auflagen für Betriebe, die im Zuge der „Rettung der Wirtschaft" staatliche Mittel erhalten. Diese Auflagen müssen ebenso arbeitsrechtliche Aspekte beinhalten, wie sie auch ein starkes Augenmerk auf Umwelt- und Klimaschutz legen.

Begrüßenswert ist der breite Konsens, dass die Versorgungssicherheit Österreichs durch die Rückführung der Produktion von Gebrauchsgütern wieder im Lande, beziehungsweise innerhalb der Union, gewährleistet sein muss. Im Fall einer weiteren Pandemie kann im Extremfall die Abhängigkeit von globalen Märkten zu einem enormen Risiko werden. Soziale Regulierung fördert die Ernährungssicherheit, mehr regionale Eigenversorgung durch kleinteilige Landwirtschaft und regionale Wirtschaftskreisläufe. Modernste Technologien und Digitalisierung sind mit Klima- und Umweltschutz in Verbindung zu bringen.

Staat muss Grundversorgung gewährleisten

Institutionen der Grundversorgung MÜSSEN in öffentlicher Hand verbleiben. Wasser, Energie, Wohnen, Bildung, Gesundheit, Pflege sind nur einige Beispiele für staatliche Aufgaben! Wir fordern staatliche Investitionen in die Gesundheitsvorsorge, Gesundheits- und Pflegeberufe, Bildung, Forschung und Entwicklung.

Die Krise hat uns aber auch aufgezeigt, wie dünn die Decke der Zivilisation sein kann. Wie fragil und brüchig eine demokratische Ordnung sein kann. Das Beispiel Ungarn soll uns eine (un)heilvolle Warnung sein. Grundrechte werden angesichts krisenhafter

Entwicklungen von konservativen und rechten Kreisen gerne rasch in Frage gestellt. Achten wir unsere demokratischen Institutionen und stellen wir sicher, dass diese nicht in Frage gestellt werden können. Wir fordern demokratische Mitbestimmung über Sozial-, Wirtschafts- und Geldpolitik!

Demokratische Rechte sichern!
Kein Regieren mit Verordnungsvollmacht!

Bewegungs-, Versammlungs-, und Meinungsfreiheit sind hohe Güter einer liberalen Gesellschaft. Die meisten Bürger*innen nehmen kurzfristige Einschränkungen durchaus in Kauf, wenn sie begleitend entsprechend argumentiert werden und diese Einschränkungen ein absehbares Ende haben.

Die Masse und die Verbreitungsdichte von Verschwörungstheorien im Zuge der Lockdown-Maßnahmen haben ein Ausmaß angenommen, das eine demokratische Ordnung gefährden kann. Ganz besonders dann, wenn auch parlamentarische Kräfte diese noch befeuern. Daher fordern wir, dass Weiterbildungsaktionen gestartet werden, um die Zivilgesellschaft in den Bereichen Informationsverarbeitung und Medienkompetenz zu stärken.

Soziales Netz ausbauen!

Das soziale Netz in Österreich ist stark und dicht aufgrund vielfältiger Einzelinitiativen. Dennoch gibt es immer wieder Menschen, die in echter Not und entwürdigender Armut landen. Die Aufgabe eines humanistischen Staates muss es aber sein, auch diesen Menschen wieder Perspektiven zu eröffnen und ein würdiges Leben zu ermöglichen. Hierzu gehören unter anderem niederschwellige und rund um die Uhr zugängliche Obdachloseneinrichtungen.

Tourismus und Gastronomie, Baustellen, Privathaushalte, Erntearbeit, Paketdienste, Abwäscher*innen und zahlreiche andere Berufsfelder sind in starkem Ausmaß nur durch nicht dokumentierte Arbeitnehmer*innen aktiv – dieser Missstand ist über den vollen Arbeitsmarktzugang für alle konsequent abzustellen.

Gesundheitsversorgung darf nicht mit der Feststellung des Aufenthaltstitels verknüpft sein. Österreich darf sich keine nicht versicherten Menschen leisten, sonst haben wir in Zukunft keine Chance, Pandemien wirksam zu bekämpfen. Auch Kinder müssen ihre eigene Krankenversicherung haben!

Ebenso fordern wir humanitäre Hilfe und eine menschenwürdige Aufnahmepolitik an Stelle von Gewalt an den Grenzen Österreichs und der Europäischen Union! Forcieren wir EU-Kooperation an Stelle von Militarisierung und eine Eindämmung der Freihandelsbeziehungen, die zu „Land Grabbing" und Rohstoffraub in außereuropäischen Staaten führen.

Das alles kostet Geld. VIEL Geld.

Diese Mittel können zum Teil durch das Wiedererstarken der Nachfrage über Mehrwertsteuern aufgebracht werden. Es ist aber höchste Zeit, dass ebenso große Vermögen ihren Anteil an der Sicherung der staatlichen Leistungen beitragen.

Wir fordern die progressive Versteuerung von Erbschaften, Stiftungen und Kapital über einer Million Euro. Lange genug wurde der Irrglaube verbreitet, dass auch Erben eines kleinen Einfamilienhauses oder Personen mit geringen Sparguthaben betroffen wären. Doch sie sind durch klare Untergrenzen gut geschützt.

Zur Finanzierung staatlicher Leistungen wird auch eine angemessene Konzernbesteuerung notwendig sein. Wenn ein großer internationaler Kaffeekonzern in diesem Land weniger Steuern abführt als ein/eine durchschnittliche/r Arbeiter*in, dann ist das nicht zu akzeptieren. Hierzu fordern wir entsprechende Schritte in Österreich und der Europäischen Union um Steueroasen auszutrocknen und undurchschaubare Konzernkonstrukte durch entsprechende legistische Schritte zu verhindern.

Jetzt ist auch der richtige Zeitpunkt, um Finanzmärkte in ihrer Aktionsfreiheit zu begrenzen. Die Finanzierung von Staaten muss spekulativen Finanzmärkten entzogen werden! Wenn Finanzmärkte nicht in das reale Wirtschaftsleben passen, dann müssen sie sich durch einen intelligenten Ansatz von Finanztransaktionssteuern selbst abschaffen, selbst ad absurdum führen. Diese Maßnahme würde bewirken, dass Kapital von der spekulativen Finanzwirtschaft wieder in die Realwirtschaft zurückfließt, was wiederum mehr Investitionen und dadurch auch wieder mehr Steueraufkommen bedeuten würde.

Ein gutes Leben für alle ist längst möglich und finanzierbar!

https://www.ugoed.at/restart-the-world/

(Bild mit freundlicher Genehmigung der UGÖD – Unabhängige Gewerkschafter*innen im öffentlichen Dienst www.ugoed.at)

Ganz am End bleibt mir nun noch die Aufgabe, jenen zu danken, die am Entstehen dieses Büchleins Anteil hatten.

So viele Menschen haben mir immer wieder gesagt, mach das! Martina, Ralph, Martin, Pia, Ursula, Klaus, Christian, Alexandra, Silvia, Sonja und viele, viele, viele mehr… DANKE DANKE DANKE! Ohne euren Zuspruch hätte ich mich nie drüber getraut!

Meine Follower und Friends auf den verschiedenen Social-Media Plattformen die mir die Motivation gaben, immer wieder einen #longcontent zu verbrechen.

Und zum Schluss: all jenen Politschaffenden die mich, meist unfreiwillig, inspiriert haben. Hier verzichte ich auf die Nennung der Namen, sie haben bereits genug Platz in diesem Buche eingenommen.

Über mich. Eine Selbstbeschreibung aus dem Jahr 2015 an der sich nicht viel geändert hat. https://waltermanfred.wordpress.com/

(Foto: privat)

Keine Angst, jetzt kommt kein Lebenslauf oder sowas. Auch nicht was ich am liebsten esse. Naja, das kann ich schon verraten, ein Cordon mit Pedasükatoffön und Solod. Aber viel mehr privates gibts ned, vermutlich. Ich weiß ja selbst noch nicht, wohin mich die folgenden Zeilen führen werden, das ist ja das spannende. Ich schreibe also „Über mich…." ohne Netz, doppelten Boden oder sicherndes Seil.

Ich habe ja, im Gegensatz zu vielen, leider zu vielen, anderen das Glück, quasi mehrere Identitäten zu haben, nicht bloß meine Nationalität/Volk/Ethnie, nennt es wie ihr wollt, mir isses Wurscht. Komplett nämlich. Okay, total komplett Wurscht auch wieder nicht, weil ich schon sehr froh und glücklich bin hier geboren zu sein und hier zu leben. Und natürlich bin ich Österreicher, froher, glücklicher, aber nicht stolzer Österreicher. Das wäre also schon mal die erste der Identitäten.

Aber ich bin auch ein Grüner, ein Linker, ein Humanist, ein Demokrat und Europäer. Das alles gehört zu meinem politischen Selbstverständnis. Und keine Sorge, man wird kein bisschen Schizophren durch so viele Ichs, keinesfalls. Das bereichert einen selbst und erweitert das Denken und auch das Fühlen. Weil, und das gehört auch wieder zu meinem Selbstverständnis, Politik ist für mich so eine „Herz-Hirn-Bauch" Sache. Das sind die wichtigen Zutaten, ohne die gehts nicht, da darf nicht eine fehlen. Weil, wennst nur aus dem Bauch agierst, nur so auf das momentane „Bauchgefühl" hörend, dann wirst schnell, ratzfatz, zu einem Populisten ärgster Fassung. Derer hamma schon genug. Machst es nur mit dem Hirn, dann wirds ebenso schnell zu einer toten, gefühllosen Gschicht, dazu braucht man sich nicht engagieren, dazu genügt es Verwaltungsbeamter zu werden und Gesetze zu vollziehen. Das ist jetzt nichts gegen Verwaltungsbeamte, bittschön daherrgottmögabbitten, diese Menschen brauchts auch und die haben ja auch mehrere Ichs, die sind ja ned 24 Stunden am Tag Verwaltungsbeamte (hoffentlich). Hängt nur das Herz drinnen, dann kanns mehr als frustrierend werden. Für einen selbst nämlich, weil man das Gfühl hat sich abzustramplen für die selbst definierte gute Sache und nix weiterbringt, weil man mit allzu viel Herz drinhängt. Also – die Kombination machts.

Ich hab anfangs geschrieben, ich bin Grüner. Warum? Weil das grüne Parteiprogramm am ehesten meiner Vorstellung davon entspricht, wohin sich dieses kleine Ländchen entwickeln soll. Mit allem bin ich nicht einverstanden, nonaned, wäre ja pure Romantik ein Programm zu finden das 100%ig meinen Vorstellungen entspricht. Wenn mans auf das anlegen würde, dann hätten wir ca acht Millionen Parteien in Österreich. A bissle schwer bei Wahlen dann. Aber wie gesagt, die grüne Programmatik entspricht am ehesten dem, was ich mir unter Zukunftsvisionen vorstelle. Und ich gehe jetzt nicht im Detail drauf ein, was mir gefällt und was nicht, bittschön. Grün zu sein bedeutet vor allem darauf zu schauen, dass wir unseren Kindern (derer drei ich habe – privates Detail No2 nach dem Lieblingsessen) eine lebenswerte Welt hinterlassen.

Ich hab auch ganz frech behauptet zu Beginn, ich sei ein Linker. Nun, woran definiert sich das? Ich könnte jetzt natürlich (wenn ich noch so 30-40 Stunden nachlese) einen marxistischen Exkurs machen, aber das erspar ich Euch und vor allem MIR! Links zu sein heißt für mich vor allem meine Stimme zu erheben für diejenigen die keine haben oder diejenigen deren Stimmen gerne überhört werden. Für diejenigen, die nicht die ökologische Macht haben es sich zu richten, die nicht mit dem sprichwörtlichen goldenen Löffel im A.....llerwertesten geschlüpft sind. Das geht jetzt nahtlos über zu der Anmaßung mich als Humanisten zu bezeichnen. Klingt recht gscheid, isses aber garnicht, ist sogar simple and stupid. Der von mir sehr verehrte einzig wahre österreichische Volksmusikant, Willi Resetarits, hats in ein paar simplen Worten zusammengefasst:"Be a Mensch". Und so versuche ich Mensch zu sein, menschlich, ein guter Mensch, irgendwie halt, Immer gelingts mir eh ned. Das wäre dann wirklich anmaßend. Aber, zu helfen wo ich helfen kann, wo es mir möglich ist.

Von Churchill kann man ja halten was man will, aber für einen guten Sager, da kann man ihn immer wieder hervorkramen. Wie zum Beispiel: "Demokratie ist die schlechteste aller denkbaren Regierungsformen, aber ich kenne keine bessere" (oder so, verlangt jetzt ja keine Quelle, das war so ausm Gedächtnis, OHNE GOOGLE!). Mitbestimmung jedes einzelnen Bürgers und jeder einzelnen Bürgerin ist die wichtigste Basis für ein funktionierendes Gemeinwohl. Politik, abseits von Ideologie und Theorie, ist immer Interessensausgleich, ist immer Kompromiss. Einmal besser, einmal schlechter. Aber, immer der Versuch eines Ausgleiches. Je mehr Menschen an der Demokratie partizipieren, desto repräsentativer wird sie. Deswegen find ich es schade, dass sich immer mehr Leute angewidert von der Politik abwenden, verstehe aber die Beweggründe und fühle mich auch manchmal so richtig schön machtlos, dagegen etwas zu unternehmen. Das was ich tun kann, das ich den Leuten MEINE Begeisterung ein wenig vermitteln kann in der Hoffnung, das wirke dann vielleicht ein wenig ansteckend. (Bei meinen Töchtern hats funktioniert, das freut mich ganz besonders – privates Detail No3).Und auch deshalb bin ich bei den Grünen, das muss hier und jetzt unbedingt rein. Das Prinzip der Basisdemokratie ist zwar manchmal...nö....OFT mühsam, anstrengend und aufreibend, aber es wird bei den Grünen eben hochgehalten. Das ist mir persönlich immens wichtig. Zur Demokratie gehört auch das Neben- und Miteinander zu anderen Parteien. Da gibt es manchmal Schnittmengen, ich (ganz persönlich jetzt) für meinen Teil sehe da manche mit den NEOS, viele mit der SPÖ und der KPÖ, eher wenige mit ÖVP und schon garnix mit FP. Aber um Missverständnissen vorzubeugen, die größte Schnittmenge ist Manfred/Grüne, gelle! Wichtig ist das respektvolle Umgehen miteinander, das sollten wir alle wieder ein bisschen mehr lernen.

Und ich bin auch Europäer. Weil ich glaube, dass ein friedliches Miteinander auf diesem Kontinent nur in einem gemeinsamen Europa verwirklicht werden kann. Dieser Erdteil war schon so oft Schauplatz verheerender Kriege, ich möchte nicht, dass es noch einmal so weit kommt. Aber, immer diese „aber" Sätze....Aber, mit der Richtung in die sich die Union zur Zeit entwickelt in ein Schäublsches Finanzkönigreich, das gefällt mir auch nicht. Ich bin aber der Ansicht, dass eine Änderung möglich ist und vor allem kann diese Änderung nur erfolgen wenn man DABEI ist, statt vom Spielfeldrand reinzubrüllen.

Das ist ja ein schönes Konglomerat an „übermichs". Wer NOCH mehr über mich wissen will besucht mich auf

Facebook

https://www.facebook.com/manfredwalter68
oder Twitter

https://twitter.com/ManfredWalter4

oder schickt mir einfach ein elektronisches Briefchen

manfred.walter@gruene.at